CHAMBRE SIMPLE

Bibliographie

Tous les garçons et les filles, L'École des loisirs, coll. Médium, 2003.

Meilleur ami, L'École des loisirs, coll. Médium, 2005.

La Cinquième Saison, L'École des loisirs, coll. Médium, 2006 – recueil de nouvelles, collectif.

Comme le soleil, illustrations de Kimiko, L'École des loisirs, coll. Mouche, 2006.

J'aime pas le lundi, L'École des loisirs, coll. Neuf, 2010.

Mardi maudit, L'École des loisirs, coll. Neuf, 2012.

Mercredi gentil, L'École des loisirs, coll. Neuf, 2015.

Le Retour du jeudi, L'École des loisirs, coll. Neuf, 2016.

Les bisous, c'est sur la joue, illustrations de Soledad Bravi, L'École des loisirs, coll. Loulou et Cie, 2012.

La Mémoire neuve, L'Olivier, 2003 ; rééd. Points Seuil, 2009.

Finn Prescott, L'Olivier, 2007.

Chambre simple
se prolonge sur www.editions-iconoclaste.fr

Ouvrage publié sous la direction de Julia Pavlowitch.

L'Iconoclaste
27, rue Jacob, 75006 Paris
Tél. : 01 42 17 47 80
iconoclaste@editions-iconoclaste.fr

JÉRÔME LAMBERT

CHAMBRE SIMPLE

À Raphaël, qui sait à la fois relire un manuscrit
et refaire un amour.

Room with my soul left out,
room that does not care.
Bruce Nauman

C'est une autre saison
Qu'il nous faudrait pour de bon
Pour repartir, mon amour,
Le cœur moins lourd.
Josef Salvat

Le Patient

J'ai repris conscience sur le brancard d'une ambulance ou d'une voiture de pompiers, je ne sais plus.

Comment vous appelez-vous Vous savez où vous êtes Quelle heure est-il Ça vous est déjà arrivé Quel âge avez-vous Restez avec nous s'il vous plaît, Ne vous endormez pas Vous habitez loin d'ici Quel jour sommes-nous Prenez ma main (je serre sa main, je garde sa main, j'écrase sa main) D'accord, mais en quelle année Pouvez-vous me dire – et ils répétaient mon nom – en quelle année nous sommes ?

J'avais bon à tout et j'ai flanché sur l'année.

Peut-être par épuisement puisque tout m'épuisait.

Peut-être parce que leur harcèlement m'agaçait.

Peut-être qu'un neurone n'a pas fait son boulot.

Vous avez deux ans de retard, a dit le grand type à la main large assis à ma droite, un détail (laisse ta main sur la mienne comme une amarre de chair et de pulpe). Il a réglé mon cas d'une croix sur son écriteau de plastique rouge en souriant. Un clin d'œil quand il me recolle le masque sur le bas du visage, l'odeur du caoutchouc neuf qui envahit mes narines, l'oxygène qui fonce droit au cerveau.

J'étais trop calme, mais je n'avais ni le choix, ni la force ni l'envie de lutter.

Après je ne sais pas.

Après c'est l'hôpital.

« Il y a des antécédents dans votre famille ? »

Ce n'est plus un test, c'est une vraie question de docteur. Terminé le chaos de l'ambulance, je suis en consultation, allongé dans le calme étourdissant d'un hôpital où on me réclame une information. Je suis donc vivant sous des néons qui brûlent ma rétine. Ça sent le désinfectant et les haleines aseptisées. Il faut répondre et dire la vérité car mentir peut me coûter la vie. Pourtant j'hésite. Tant que je ne réponds pas, j'ai le pouvoir. Une fois que la réponse passera de leur côté, ils décideront, je n'aurai plus voix au chapitre, je serai passif, je ne serai plus rien.

Je peux dire « oui, ça m'est déjà arrivé », mentionner mes aïeux atteints, expliquer la malédiction des cellules ; ils hausseront les épaules et lèveront les sourcils : « Ah, c'est familial, je comprends mieux. » L'affaire sera réglée, je serai de ceux qui portent la tare et mon cas s'en trouvera amoindri. On m'a déjà fait le coup. Pour un hallux valgus : « Ma grand-mère appelait ça des oignons, eh bien c'est ce que vous avez et qui déforme vos pieds, vous voyez, ce n'est pas grave, une paire de semelles orthopédiques sur mesure et le tour est joué, c'est héréditaire, plus fréquent chez les femmes mais apparemment vous n'avez pas de chance. » Voix bonhomme, voix fausse, voix lassée des maux bénins, fatiguée de son métier, voix de connard.

Je peux aussi dire « non, ce n'est pas un héritage génétique », et ce sera l'autre refrain. « Alors vous êtes un précurseur ! » Ils essaieront de me faire rire pour me faire apprivoiser ma nouvelle condition et son fardeau. Viendront l'enquête médicale, les investigations, les tests en série, examens, prélèvements, injections, câbles et électrodes, questionnaires à noircir, rendez-vous à prendre, à jeun ou non, venir et revenir, être vidé, être rempli, ausculté, scanné, en slip, seul et grotesque sur les machines en métal glacées, allongé, debout dos droit, dos rond, fixer les diodes et retenir son souffle.

J'ai perdu ma confiance envers les médecins et je me méfie de leur air satisfait, de leur rapidité insultante, de leurs blocs-notes. Ils nous cachent toujours quelque chose, comme si on était enfant, appendicite, dents de sagesse, bonne conduite. Moi je veux que ce soit grave, figurez-vous.

Je m'apprête à mentir, mais je perds conscience.

On ne fait que transpirer dans leurs chemises de nuit, ces champs opératoires à deux manches et trois liens dans le dos, leurs toges de papier impudiques. Je m'en fous qu'on voie mon cul, la vraie honte dans cet accoutrement, c'est de porter le costume des fous, la camisole enfilée de force à celui qu'on déclare aliéné. Je sue encore plus, je cherche une position confortable et sans douleur, je vérifie que la porte n'est pas fermée à clé, qu'il n'y a pas de verrous. Les fenêtres sont scellées et barrées.

Je me souviens qu'au-dehors l'été cognait et qu'avant ma perte de connaissance la sueur ruisselait déjà le long de mes côtes et dans ma nuque, mouillait mes cheveux et mes sourcils, un coup de chaud suivi de coulées glacées. Je passais à l'état liquide et ce n'était pas déplaisant tout ce fluide qui s'abandonne en une flaque sans début ni fin.

Ici c'est l'inverse. Je suis contingent, plastique et emprisonné. Mon corps étouffe et se démène dans une étuve sans issue, la chaleur fait suffoquer ma tête tandis que mes pieds se violacent de froid et que mes orteils s'entrechoquent. Je vérifie que tout n'est pas mort, que ça bouge encore.

Toute pensée est épuisante et je ne sais toujours pas pour quelle raison je suis là.

Je me rendors en rêvant de gangrène et d'amputation.

Ellia

On a refait le lit pour le patient suivant. Il ne faut pas traîner. Maly a ouvert les fenêtres en grand avec son pass pendant que je m'occupais des draps. Jeter au sol les anciens encore tièdes, frapper le matelas du plat de la main, retaper les oreillers, désinfecter, inspecter les taches et noter les détériorations majeures, aérer. J'ai pioché dans le chariot un jeu complet – housse, draps, taie, alaise – et Maly m'a rejointe pour tendre le tissu, sans mot, sans regard. Depuis le temps qu'on fait équipe toutes les deux, la mécanique est bien au point et on gagne du temps. C'est ce qu'on nous demande : faire les choses bien mais les faire vite.

Va chercher le nouveau dans le couloir, j'ai dit à Maly, on finira après. On doit encore vaporiser et essuyer le lino, déposer une bouteille d'eau sur la table de chevet et préparer les sanitaires, lui laisser à portée de main de quoi nous appeler, un champ stérile et un flacon de Betadine. Il comprendra plus tard. Il comprendra bien à temps.

Celui d'avant avait l'âge de mourir – on se dit ça juste entre nous pour détendre l'atmosphère. Ça conjure. Qu'est-ce qu'on peut faire d'autre face à la mort et à la succession des corps dans les lits ? Tout le monde ne ressort pas les pieds devant bien sûr, c'est même une minorité, mais ça se bouscule pour entrer, il faut faire de la place aux prochains.

Le nouveau doit avoir la trentaine, j'aime bien connaître leur âge, même leur lieu de naissance, je regarderai son dossier plus tard. Pour le moment, tout ce que je sais de lui, c'est son visage épuisé et le soleil qui douche de blanc son avant-bras échappé du brancard. Je n'aimerais pas être à sa place – ça aussi je le dis pour conjurer, mais je le garde pour moi. Je le dis par excès de prudence, peut-être par superstition parce qu'on ne connaît jamais le poids de la malchance, on ne peut jamais être sûr de rien avec la santé.

Moi, j'aime penser que si nos actions sont bonnes et nos pensées claires, on peut s'éviter le malheur, mais si c'était vrai, ça se saurait et le monde irait mieux. Je ne crois pas en Dieu, je ne fais la morale à personne, mais j'imagine que nos actes s'équilibrent. Je sais pour autant que la maladie n'est pas une punition, la maladie, c'est le malheur. Et je fais ce métier pour avoir du pouvoir sur le mal, pour me dire que ce n'est pas une fatalité et que ce n'est pas la mort assurée. Je ne dis rien de tout ça aux patients, évidemment. Je ne sais que trop ce qu'ils pourraient y entendre, sans parler du fait que je pourrais me faire convoquer, peut-être même virer. Avec ceux qui souffrent, je parle de vocation, de partage, d'apaisement de la douleur et tout le truc de service public qui va avec – et que je pense vraiment. Je dis toutes ces choses qu'on a besoin d'entendre quand on a un tuyau calé dans le fond de la gorge. Je les fais sourire aussi. Souvent ça marche, ça les soulève un peu de terre, ils gagnent en légèreté quelques instants, c'est toujours ça de pris. Parfois ça ne suffit pas, et ça n'a aucun effet. Quand le mal a déjà atteint l'intérieur des gens, quand il a entamé leurs forces de joie et leur espoir, j'ai beau faire tout ce que je peux, ça reste sur le seuil de leur cœur, ça ne pénètre pas la couche de tristesse et d'abattement. Maly fuit à toutes jambes ces cas désespérés. Maxime aussi, et c'est normal, c'est encore un gosse.

Moi, j'aime naviguer autour d'eux, je ne me sens utile que dans leurs parages, ce rôle important n'est pas donné à tout le monde. Ce n'est pas comme distribuer des cachets ou vider un bassinet d'urine. Y a pas de diplôme pour écouter les gens. Faut juste savoir où poser sa main.

Maxime

Quand le courage me manque, je vais pleurer dans les toilettes du deuxième. Je lâche ma peine sous les néons jusqu'à son épuisement puis je dirige mon esprit ailleurs et je passe mes yeux à l'eau froide. Je marche dans les couloirs et j'essaie de me détacher un instant de ce qui m'entoure et m'imbibe, les odeurs de propre et les odeurs de mort, l'air épais et saturé de ce monde de plastique et de métal, de caoutchouc et de viscose, de cotons élimés et de couleurs pâles, de tuyaux qui sortent de bouteilles, de poches flasques ou de machines, ce monde de tubes plantés directement dans les humains, trouant leur peau ternie, droit dans les muscles et les organes. J'essaie de trouver la juste distance au milieu de la plainte des Allongés.

C'est comme ça que je les appelle en secret quand je pense à eux. C'est-à-dire tout le temps. Les Allongés de la nuit et du jour, endormis ou éveillés, ces humains que je ne vois jamais debout et qui vivent dans les limbes. Parfois je me demande ce qu'ils en penseraient, de ce nom. En tout cas, quand moi je pense « Allongés » – car jamais je ne le dis – c'est avec douceur, avec cette sorte d'amour que nous sommes seuls à pouvoir donner, nous les blouses de la nuit, les changeurs de draps, les serveurs de repas, les toiletteurs et les aides-soignants aux fronts luisants, les infirmières soucieuses et souriantes, les ombres glissant autour des lits, nous sommes l'armée aux chaussons qui couinent, les gardiens des douleurs, veilleurs de morphine, les derniers regards plongés dans leur iris avant la nuit. Quand ils nous appellent de leur voix ou de leur bip, c'est comme s'ils criaient après leur mère. Ils ont peur du noir, peur du cauchemar et de leur propre sueur, peur de la peine et de la solitude. Peur de crever, oui.

Je ne sais pas comment font les collègues, mais moi je ne peux pas être le berger d'un troupeau, il faut que je fasse du cas par cas malgré leur nombre, malgré leur centaine dans nos étages, malgré leur foule. Je ne peux pas faire autrement et tous leurs visages se fondent dans ma tête quand je rentre à la maison après mon service, jusque sous mes paupières fermées. Comme une odeur, comme des taches, comme des obsessions, ils restent. Et j'en crèverais de honte de l'avouer mais je me dis que si je cesse de penser à eux, ils vont peut-être mourir.

J'ai beau essayer de faire le vide et d'arriver le plus neutre possible, je suis parasité par mes fantômes à chaque fois que je rencontre un nouvel Allongé. Il me fait penser à mon frère, elle me fait penser à ma mère, à ma tante, à ma grand-mère. Je tremble pour un reflet dans l'œil, une fossette, une façon de remettre sa mèche qui me rappellent une ex, une amie, ma sœur. Plusieurs fois j'ai craqué et j'ai googlisé leur identité. J'ai vu leur métier, leurs parents, leurs dernières vacances avant l'hôpital, leur éclat au soleil et leur fiche LinkedIn avec un sourire de cador. Il y avait peut-être des connards finis dans le lot, mais des connards en bonne santé. Avant de devenir des Allongés qui dépendent de moi.

Pas de transfert : je connais la règle d'or, mais on ne nous a jamais enseigné à nous prémunir de leur regard, à nous protéger de leur demande et de leur trouille. J'ai renoncé, je fais avec. Les collègues savent que je m'attache vite, c'est même devenu ma marque de fabrique et mon surnom dans les étages : Cœur-de-Beurre. À cause d'une patiente italienne qui m'appelait comme ça. « Tou es mon *cuore di burro* parce que jé sais qué ton petit cœur de beurre, il fond à la chaleur ! » Tout le service l'a repris pour me vanner et c'est resté. J'aurais aimé lui dire que mon cœur ne fond jamais, que je suis pas un type guimauve. Mon cœur se brise, se casse, se fend, s'oxyde et se répand, mais il ne fond pas.

Le soir de sa mort, je n'étais pas de garde.

Il y a un nouveau dans la 14, que les urgences ont débarqué vers dix-neuf heures. Ellia et Maly ont préparé la chambre et quand je suis entré pour voir si tout était en place, s'il s'était réveillé depuis son arrivée, s'il ne manquait de rien, il dormait. Je suis resté à l'observer quelques instants parce que, même endormis, les patients communiquent. On peut en apprendre beaucoup rien qu'avec les tournoiements des globes affolés sous la membrane des paupières, les froncements forcenés des sourcils, les doigts crispés, les ongles qui accrochent le coton, les phalanges blanchies, les poings serrés, les ondulations des jambes sous les draps, les gouttes sur le haut du front, les lèvres mordues, les grincements de dents. Plus besoin de parler. C'est un autre langage parce que nous sommes dans un autre pays : la neurologie.

J'avais rarement vu un visage si jeune et si ravagé par la tristesse. Je sais que la lutte contre les convulsions toniques et cloniques est un combat de titan et j'ai fini par reconnaître tous les stigmates des épileptiques, mais son visage à lui c'était autre chose. Comme une grande fatigue à l'œuvre depuis longtemps.

Quand je suis sorti de la 14, j'ai porté la main à ma poitrine, sur mon badge. J'ai vérifié mon prénom et ma fonction. J'ai essayé d'apaiser le vacillement de mes jambes, de calmer l'affolement de mon cœur et les frissons dans ma moelle épinière.

Je ne suis pas lui, je suis moi. Je ne suis pas un Allongé, je suis debout et je suis là pour l'aider.

Faut que je tienne bon, une femme vient d'arriver aux urgences et ça s'annonce mal pour elle.

Roman

J'étais dans le canapé du salon quand j'ai reçu l'appel.

La lumière automatique de la cour s'est enclenchée. Sans doute la voisine du deuxième qui rentrait de soirée. J'ai pensé qu'elle sortait beaucoup ces temps-ci. J'ai distraitement répondu aux questions à l'autre bout du fil en confirmant qu'en effet je te connaissais et j'ai pensé avec satisfaction que tu avais quand même fini par m'enregistrer comme contact à appeler en cas d'urgence. J'aurais dû réagir à ce mot, à ces syllabes, mais non, j'ai attendu encore, j'ai laissé s'installer le silence car je savais qu'après viendrait l'effroi. J'ai voulu jouir des secondes vierges de toute mauvaise nouvelle, les étendre, les dilater pour m'y installer avant le basculement. Mais chaque mot est venu rouler une seconde fois dans le pavillon de mon oreille comme de minuscules billes de plomb au ralenti, lourdes et compactes, inévitables. Les Urgences. La cour s'est replongée dans le noir derrière les carreaux de la fenêtre et mon cœur s'est emballé. Un nerf s'est froissé dans l'épaule, une sensation de vrille, une petite attaque d'insecte affamé, creusant son nid entre l'os et le muscle. Je n'ai pas entendu les détails, seulement des mots repoussants qui venaient flotter comme des déchets à la surface d'une eau noire. J'ai pensé à ce qui pouvait arriver à partir de cet instant, à ces mots d'infirmiers souvent suivis de drames et d'enterrements. Je voulais me débarrasser de cet appel comme d'un mauvais canular, je voulais insulter la voix avec lassitude et retourner à mes e-mails.

J'ai dit J'arrive.

J'ai passé un tee-shirt, un pull, enfilé un blouson comme si je partais loin et pour longtemps, comme s'il faisait très froid au-dehors alors que le soleil cognait. Des couronnes métalliques au pied des arbres montait une odeur de sang chauffé et de pisse acide. Le métro paraissait si loin, si lent. J'ai compté les années et les mois. Au jour près, j'ai calculé la durée de ta vie. Puis j'ai chassé cette pensée de croque-mort et j'ai monté le son dans mes écouteurs. Ça manquait de vent dans les rues. J'ai eu envie de t'acheter du mimosa, d'aller au parc et d'appeler ta mère. J'imaginais ses yeux gris se mouiller, sa voix se durcir pour ne pas flancher. Un couple s'embrassait dans ma rame, une fille corrigeait des copies, un vieux regardait dans le vide. J'ai eu envie que tu aies son âge, là, tout de suite, que ta vie soit une somme de jours et de nuits déjà pleine de gens, d'amours et de chagrins, une vie pleine à craquer. Sans maladie.

Tu dormais quand je suis entré dans ta chambre rincée de soleil couchant. Je ne t'avais jamais vu aussi pâle, calme comme un enfant mort, délavé et sans vigueur comme un février. C'est en voyant quelqu'un allongé dans un lit d'hôpital qu'on comprend qu'il peut mourir, qu'il est chaque jour en train de mourir. J'ai pris ta main.

Il n'y a personne pour m'expliquer ce qui t'est arrivé ni ce dont tu souffres, si tu vas vivre ou non, pourquoi tu as cette traînée brune de sang séché sur la tempe droite. Le personnel soignant vole de chambre en chambre, de lit en lit, de maladie en maladie, ils ont mieux à faire, dirait-on. Mieux à faire que s'occuper de toi, ça m'échappe. Tu n'es déjà plus une priorité. Tu dates.

Je regarde si tu as l'air blessé, je t'inspecte, je te palpe par-dessus les draps. Je n'y connais rien et je tâte ton corps comme on approche celui d'un grand cerf sur le bas-côté de la route. Ton corps qui m'est soudain étranger sur ce matelas trop mou et déjà tiède de ta moiteur, ton corps entre ces quatre murs laids comme un crépi de pizzeria, ton corps parmi les restes d'haleines de ceux qui t'ont précédé.

Deux merles se disputent de la nourriture sur le rebord de la fenêtre, le vieux disque fatigué et mat du soleil, les crêtes haussmanniennes. Le bruit dans les couloirs a changé avec le jour finissant, plus sourd. J'entends qu'on parle à voix feutrée pour ne pas déranger ceux qui s'endorment ou s'éteignent.

J'apprends qu'ici le temps de l'ignorance est une lande aux décors sans cesse renouvelés par l'angoisse, la peur, l'espoir, le déni, la colère. On traverse des tunnels de panique en contemplant des carrés de lino gris et des montants de lits en acier étincelant. On longe des plaines et des gouffres de désarroi, planté sur une chaise de torture, entre une salle d'eau sordide et une table de chevet hostile. On accompagne mais on ne sert à rien tant qu'on ne sait rien. Ils gardent la connaissance de leur côté.

Je finis par poser la tête sur ton matelas et je m'endors.

L'aide-soignante m'a parlé. Elle m'a expliqué ta crise, ta chute, les contusions internes, les IRM et les injections, les prises de sang et les intubations nécessaires sans gravité, vous comprenez, on ne peut prendre aucun risque mais je vous assure que ce n'est rien de bien méchant, il n'a pas fait de vilaine chute, c'est l'essentiel.

Je remballe mes continents d'angoisses, mes vallées des larmes, mes visions de cercueil et mon veuvage éploré.

Tu as ouvert les yeux quelques minutes, le temps de me demander comment j'allais, ce que nous faisions là, si j'allais passer la nuit avec toi et si j'avais des cigarettes dans mon sac à dos. Tu m'as raconté un rêve que tu venais de faire, je n'ai pas tout compris, ta bouche était empâtée et ton récit incohérent. Ça m'a rassuré parce que tu as toujours fait ça, me raconter tes rêves au réveil, ensommeillé et bavard. Tu parlais de foudre, de tonnerre et de précipice.

« Il faut rentrer, c'est la fin des visites pour aujourd'hui. »

La voix de l'infirmier, douce mais sans réplique.

J'ai dû me forcer à partir, j'aurais pu dormir au sol. Mon amour t'aurait aidé à passer la nuit, il aurait fait un baume sur ton corps, sur tes nerfs, sur tes muscles et tes organes. Je sais que ma main peut calmer tes spasmes et que mes lèvres sur ton front forment un sceau d'apaisement. Tu dis que ça marche et que je suis utile, que je fais des miracles quand tu es malade, mais tu n'es pas ici pour une grippe et j'ai perdu mes pouvoirs. Si je pouvais, je te le foutrais en perfusion, mon amour pour toi.

Je tourne en rond et j'enfume l'appart. Je devrais me coucher et dormir pour venir demain te voir avec des yeux moins rougis et des cernes moins mauves. Je n'y arrive pas. Je me force à éteindre l'ordinateur et je laisse mon téléphone allumé au cas où. J'attendais un SMS de toi, même si tu as dû sombrer de fatigue et de drogues, et c'est mieux comme ça car il te faut un repos immense.

Je sais que mon inquiétude ne te sert à rien, mais je ne contrôle pas grand-chose depuis ton accident. Si la panique s'est calmée depuis que tu es déclaré hors de danger, elle a reflué dans un coin de mon esprit, laissant une écume incertaine, prête à regonfler sa vague à la moindre sonnerie nocturne.

Ne pas la laisser gagner. Mes nuits blanches ne te feront pas rentrer plus tôt.

Penser à toi. Maintenir l'illusion. Dormir. Décider que tu reviendras ici après. Pas chez toi. Tu rentres à la maison.

Le Patient

Au pied de mon lit, sur une chaise, il y a le blouson de Roman.

Il doit fumer dehors devant les portes automatiques qui s'ouvrent et se ferment sans cesse, parmi les infirmiers et les anesthésistes qui carottent leurs cigarettes parce que leur pause est trop courte et que les brancards s'emplissent à vue d'œil. Ou alors il est dans une pièce tout aussi blanche que ma chambre, quelque part à mon étage ou à un autre, il demande des informations sur mon cas et sur la suite des événements, il s'inquiète et gueule sur les toubibs. Mais on ne te dira rien, mon amour ; tu n'es pas de ma famille, nous ne sommes pas mariés et ta peur restera collée aux parois saumon des couloirs. Nous sommes désolés, oui, bien sûr, je comprends, mais c'est la loi, je suis navré, il faut une personne de sa famille, absolument.

J'ouvre les yeux et il est assis à ma droite, ma main est posée dans la sienne.

« Ça fait longtemps que t'es là ?

— Arrête de t'agiter. Repose-toi, je reste. C'est promis. »

Et sa voix se perd et se fond, comme le décor autour de moi, comme la lumière et l'obscurité, comme le jour et la nuit, le sommeil et la veille. Je ne distingue plus.

Encadré par les branches qui dansent derrière les fenêtres condamnées, le visage de Roman est mon seul repère.

Un jeune infirmier qui sent le savon et le vétiver remet ma perfusion en place, change les doses et remplace la poche d'eau distillée – ou est-ce un antidouleur ? J'ai l'impression de le connaître quand il se penche sur le lit pour la fixer en hauteur et que son aisselle frôle mon nez. Une aide-soignante plus âgée passe aussi régulièrement, c'est la relève. Ses gestes sont plus sûrs et sa présence rassure. Elle sent le café avalé en deux minutes et c'est comme si je l'avais bu avec elle.

Le blouson de Roman a disparu, puis il est là de nouveau. Paupières lourdes et frissons au réveil. Des magazines ont fait leur apparition sur ma table de chevet, des paquets de Schoko-Bons vides, une canette de soda dans la poubelle en plastique gris. Tout est lourd et lent et poisseux, ma volonté engloutie sous les odeurs de Betadine, de lavande industrielle et de désinfectant sanitaire.

Rendormez-vous, ne bougez pas trop, pas de fatigue inutile, monsieur, vous êtes épuisé à cause de la crise, ça secoue drôlement, hein ! L'aide-soignante a un fils qui a ces problèmes-là aussi, enfin, lui, c'est le grand mal, c'est le cran au dessus. À chaque fois il dort des jours pour récupérer, c'est les muscles qui prennent tout, ne vous inquiétez pas.

Il fait sombre dehors, le violet derrière les arbres me plombe le moral et revient cette migraine zébrée d'éclairs de douleur dès que je bouge la nuque.

Si on me racontait clairement ce qui s'est passé, si on m'expliquait ce qui m'arrive, si on arrêtait de me ménager, je cesserais d'avoir peur. Vétiver prétend qu'on m'a déjà expliqué plusieurs fois mais je ne me souviens de rien. Je suis sûr qu'il ment, qu'on me préserve et que c'est très grave.

Je le sais car c'est déjà arrivé. Je connais cette trahison soudaine du corps, quand tout ce qui maintenait debout tombe, quand l'infaillible lâche et qu'on décolle du sol. La pensée se sépare du corps, et le quitte. Cet état de conscience inédit intrigue puis, très vite, fleurit une peur terrible, une peur de l'inconnu et de l'irréversible.

On croit mourir.

Le premier signe est un vacillement léger et euphorisant. Comme un shot d'alcool blanc avalé à jeun ou une grosse taffe d'herbe au réveil.

Tout monte à la tête en ondes chaudes qui tendent les unes vers les autres et se superposent.

L'étourdissement est presque agréable, la nanoseconde de la perte de soi. Des poussées électriques dans le cerveau, des implosions acides, des feux d'artifice qui chatouillent l'intérieur de la boîte crânienne. C'est étonnant. Un peu effrayant. La première fois que ça arrive, la première fois que tu sens le volume de ton propre cerveau, c'est déstabilisant, excitant, redoutable. Tu découvres que tu es capable de faire exploser cette myriade d'orties, cette centrale brûlante, ce pétillement iodé, ces montées en vagues de mimosas et de nitrites.

Puis les pulsations augmentent, plus longues, plus diffuses, jusqu'à devenir permanentes et impossibles à ignorer, tantôt sourdes, mates et continues en longues nappes blanches et opaques qui coupent du monde, tantôt vives et irrégulières, cœurs de moineaux affolés, poignée de gravillons jetée sur le miroir du lac, plus violentes et plus rapprochées. Plus aucun neurone n'est disponible. Parole, action, pensée, synchronisation, l'heure, le lieu, chaud et froid ; plus rien ne répond, tout est fondu. Les cellules sont asphyxiées. Qu'est-ce que j'étais en train de dire ? De quoi on parlait juste avant ? Avant quoi ? À quoi bon demander puisqu'on ne peut désormais plus prononcer ces pensées.

Première apparition de la peur.

Après, c'est la deuxième génération de décharges. Ça devient sérieux, fini de jouer, tu ne contrôles plus la situation, le physique est attaqué.

Contractions nerveuses et musculaires, propagation de la tension en allers-retours imprévisibles du haut en bas, désordre. Ça claque de partout à la fois, au bout d'un membre, derrière un œil, dans la trachée, sous la peau de l'aisselle, sans logique. Tu ne comprends pas la stratégie mais tu sais que l'ennemi est plus fort, plus puissant, hyperinventif. Il mise sur ta peur et ton ignorance : on ne sait pas où il portera son prochain coup, où il fera exploser la prochaine bombe. Et ça marche. La panique enfle comme une boule de neige gorgée de cristaux d'angoisse. Qu'est-ce que je dois faire, je préviens quelqu'un ? Quelle heure est-il ?

La tétanie prend son tour, méthodique : envahissement inexorable des tissus. À ce stade, le corps n'obéit plus. Tu es enserré par un boa de laine de verre et de lave. Tu vas crever, c'est obligé.

Tu vois, tu entends, tu sens des choses qui ne sont pas. Le mieux est de s'avouer vaincu et de prendre avec soi les bouffées de chaleur pareilles à un feu sur la peau, le goût râpeux dans la bouche comme dix mille clopes, la langue de plâtre, la gorge bouchée, les coups de pied dans le vide et la surdité d'un temps de neige.

Pendant que ces phénomènes dévastent chaque fibre de ton corps, l'esprit essaie de comprendre ce qui se passe, persuadé de se tenir au-dessus de tout ça. C'est une chimère. Le cerveau ne gère plus rien : au contraire, c'est lui qui déconne. Quand tu comprends ça, tu as juste envie de dormir profondément. Mais il reste la grosse attaque, l'assaut final qui renverse la tête. Le court-circuit, l'explosion. Tout grille, tout crame et on doit lâcher la rampe. Des câbles électriques qui se plantent dans l'os du crâne et balancent un courant foudroyant sans laisser aucune chance.

Le black-out qui suit ne m'appartient pas.

Je suppose que mon corps est tout entier livré aux regards des passants, que des inconnus contemplent mes contorsions et la bave qui sort de ma bouche. Ça se passe sans parole ni mesure, sans dignité non plus, c'est obscène et ça doit être aussi indécent que fascinant. Personne au monde n'ose jamais faire ça.

Enfant, j'avais des épisodes du genre, mais beaucoup plus légers. Mes parents parlaient de mes « petits voyages ». C'était des mots pour me rassurer, mais ils étaient finalement mieux choisis qu'ils ne l'imaginaient. Je vivais ça comme des trous noirs. Ma vie s'arrêtait, littéralement. Un sommeil fulgurant, profond et sans rêves.

J'ai en tête quelques images d'une visite chez un spécialiste, les sons de mon propre cœur qui jaillissent de moniteurs métalliques, un attirail compliqué de sangles et d'élastiques harnaché sur ma tête, des diodes, des flashs, yeux ouverts, yeux fermés. Une série de tests, pour être plus sûr. Bon, rien de grave, une petite faiblesse, il lui faut du repos et ça va aller.

Les malaises étaient anodins à l'époque. Ils arrivaient à la maison, tapis dans le calme et la familiarité. Je me souviens de la félicité absolue, l'apaisement d'après crise. Et je n'aurais pour rien au monde envisagé de me priver de ça, cette fatigue unique et la prise en charge dont j'étais l'objet. Je n'avais pas à m'occuper de mon existence.

Et il y eut l'adolescence. Le phénomène s'est renforcé et j'ai vécu cet acharnement du mal comme une bénédiction.

Ma vie de lycéen était fade comme un lac et mes accidents me donnaient l'occasion de m'en abstraire enfin de manière tout à fait officielle. Les médecins me firent prendre conscience de ma vulnérabilité et de la nécessité d'une hygiène de vie stricte. J'observai à la lettre leurs recommandations et montrai une prudence rare et inhabituelle à cet âge de tous les excès. On se réjouit dans mon entourage proche car je choisissais la sagesse et évitais de m'exposer à des représailles qui se faisaient de plus en plus violentes, à des séquelles qui s'annonçaient lourdes. Là où tout autre adolescent aurait conçu un sentiment d'injustice, j'y vis au contraire l'acmé de ma singularité. Pas d'entrave, rien que de la distinction. Je relisais souvent ce court passage de la Genèse : Dieu n'avait pas marqué Caïn pour l'éloigner du reste du troupeau comme une brebis galeuse. Au contraire, c'était pour le distinguer et faire de lui un être à part, plus proche de Lui que le reste de Ses créatures.

C'est à cette période que j'ai senti la rupture. Une cassure avec les autres.

Ceux de mon âge, surtout les garçons, évoluaient dans des rêves qu'ils s'étaient tissés depuis toujours. Ils marchaient dans une nuée d'envies, de désirs et de pulsions que je n'avais jamais connus. Ils s'élançaient les uns après les autres dans la cour ou sur l'herbe fraîchement tondue des parcs, organisaient des jeux collectifs, établissaient des rituels codifiés à l'extrême. J'étais certains jours ébloui par la clarté diffuse et merveilleuse dans laquelle ils se mouvaient, libres et

sensuels, nimbés d'une aura surnaturelle, passant d'une activité à une autre, doués pour le mouvement et ignorant l'ennui. Ces garçons spectaculaires ne semblaient pas respirer le même air que moi. Il m'arrivait de les frôler pour saisir leur odeur quand ils arrivaient en retard, essoufflés d'avoir couru. J'identifiais à chaque rentrée scolaire les chefs et les suiveurs, les forts et les faibles, tenant mentalement un inventaire précis et renseigné sur chaque individu et sur les rapports qu'ils entretenaient. Les hiérarchies bougeaient en cours d'année, souvent après les vacances d'hiver, comme si chacun était reparti puiser auprès des siens les forces qui lui manquaient pour affronter ses camarades et, le cas échéant, prendre du grade, gravir un échelon, oser s'opposer au chef de sa meute. Le début du printemps était le moment des réjouissances. Mes pronostics s'avéraient toujours exacts puisque mes camarades, propulsés par leurs phénoménales hormones et poussés par leurs grands frères, entamaient immanquablement, aux beaux jours d'avril, sous le vert pâle des tilleuls, les premiers affrontements de jeunes mâles de leur vie. Ces secousses sismiques, opérées sous la couche terrestre du monde des adultes, modifiaient le paysage, propulsant certains au sommet de montagnes inattendues, projetant les autres au fond de gouffres qui n'existaient pas encore aux premières neiges.

On ne peut cependant pas dire que j'enviais ces garçons. Je n'avais nullement besoin d'être rassuré sur ma mise à l'écart du groupe, bien au contraire : pour rien au monde je n'aurais voulu être dans leur peau et j'étais soulagé que les frontières entre nous soient si parfaitement étanches. Les regarder me suffisait. Être eux m'apparaissait comme une aliénation peu souhaitable, une malédiction plutôt qu'une bénédiction, et je réprimais souvent un sourire moqueur en les entendant se héler d'un bout à l'autre des couloirs du bahut de leur voix en pleine mue. Oui, j'étais bien à la place que je m'étais trouvée et j'avais toujours à portée de main le secret de mon corps défaillant et surpuissant, les pouvoirs inexplorés de mon épilepsie.

À force de discipline et de médicaments, je parvins à maîtriser cette bête tapie dans mes synapses.

J'allais plus loin encore : si j'étais capable de ne pas en souffrir, je pouvais – qui sait – choisir mes moments de crise. Provoquer les accidents et explorer ce qu'ils recèlent de richesses et d'inconnu. Apprivoiser le mal, voilà qui serait le summum de ma victoire.

Vers vingt ans, j'ai déménagé, j'ai découvert les nuits blanches dont les heures se distendent, j'ai découvert l'ivresse, j'ai laissé tomber les médicaments, oublié que j'avais été un enfant malade et raisonnable. Le démon semblait endormi et je comptais bien enfin en profiter.

Jusqu'à ce matin-là.

Maxime

À cet étage, les Allongés morflent.

Ils sont là parce que leur cas est sérieux, alors on ne lésine pas sur les antidouleurs. Ellia m'a confié qu'elle avait passé des années à balancer de la morphine et de la codéine dans le dos de son infirmière-chef et des médecins. Elle rajoutait des poches, elle tournait le robinet à fond. Elle ne pouvait pas les voir se tordre dans leur lit et ne rien faire. « Tu comprends, je me disais : Et si c'était ma fille, est-ce que je supporterais de la laisser souffrir comme ça ? Bien sûr que non, jamais, aucune mère, aucun père ne peut supporter de voir son enfant souffrir et rester impuissant. Alors je remontais la dose et tant pis pour la sanction. » J'aurais fait pareil, Ellia, j'en suis sûr.

Je l'ai écoutée me raconter son histoire en silence pendant une pause déjeuner, ses longs doigts secs enroulés autour de son mug Simpson. Quand je sentais qu'elle hésitait à aller au bout d'une phrase, je lui souriais pour l'encourager, pour lui faire comprendre que je ne jugeais pas. Je hochais la tête le plus lentement possible quand les mots coinçaient dans sa gorge. Je voulais qu'elle se rende compte que je l'admirais, que c'était grâce à des gens comme elle que j'avais choisi ce métier de taré. J'ai compris à sa deuxième gorgée de café que c'était la première fois qu'elle racontait tout ça. Ces années de pratiques illicites lui avaient pesé. Elle avait l'intime conviction de faire ce qu'il fallait, mais elle avait eu peur pendant tout ce temps que quelqu'un la balance. Un infirmier, un ancien patient, une femme de ménage. « J'aurais pu perdre mon poste, tu sais. » Ellia a terminé son café et quand elle a levé son mug pour attraper la dernière lampée, j'ai vu au fond qu'elle l'avait eu au Quick. Je suis sûr qu'il est à sa fille.

Chaque patient reste un cas à part entière que l'on traite comme tel. J'essaie de faire comme si chaque passage dans une chambre était le premier de ma tournée. Leur faire croire qu'ils ne sont pas un lit parmi d'autres. Ça implique de jouer une partition, d'avoir le corps souple et détendu, de préparer un sourire moelleux et spontané. On ne peut pas faire semblant et balancer le même discours à chacun. Alors je me penche sur leur histoire, je retiens une anecdote qui deviendra notre routine, une blague qu'on répétera parce qu'elle rassure, parce que ça les ancre dans ce qui se passe au-dehors. J'ai parfois l'impression de travailler en maison de retraite alors qu'il m'arrive d'avoir à soigner des gosses plus jeunes que mes neveux. Ceux-là sont les plus résistants au mal. Ils ne réclament pas, ils ne jouent pas les balèzes. C'est comme s'ils avaient compris qu'il fallait garder des munitions en cas d'attaque sérieuse ou de rechute.

En vérité, sur la fameuse échelle de zéro à dix, peu de personnes sont capables de vraiment estimer leur douleur. Entre les geignards et les durs à cuire, difficile de voir clair et de faire confiance, sans parler de ceux qui veulent juste leur shoot. Mais je peux les comprendre quand on voit la puissance de ce qu'on leur injecte. La morphine fait un effet unique, comparable à nulle autre molécule. En intraveineuse ou en intramusculaire, la montée est folle, on les voit partir direct et je ne me lasse jamais quand leur visage crispé se détend enfin. Plus de rides, plus de tensions, plus de larmes, plus de dents qui grincent ni de coups de poing dans le mur. Ils perdent dix ans d'âge en trois secondes, le masque figé fond sur leur peau comme de la cire molle. Leur douleur se dissout sous mes yeux.

Après je les perds, ils répètent « merci merci merci », ou ils partent carrément, ils délirent dans leur oreiller tant leur soulagement est intense. J'ai l'impression de les délivrer. C'est un pouvoir fort. La personne qu'on sauve des serres de la douleur n'oublie jamais, ça crée un lien puissant, un secret chimique. Quand je leur donne ça, je me sens mieux. Je suis utile, je suis à ma place. Je sais pourquoi je fais ce métier.

Le Patient

Roman est là, mais je ne sais pas depuis quand.

Sa présence se diffuse dans toute la chambre en nappes successives, en marées qui se posent sur moi, douces et rugueuses comme la peau d'une poire, des voiles de tulle qui flottent autour de mon corps allongé, des aurores boréales à domicile. Même endormi et shooté, je sens bien quand nous partageons le même air.

Il a dû prendre un métro quand l'hôpital a appelé, serrer les poings et grincer des dents en attrapant la correspondance, pestant contre la lenteur des transports, en colère, les muscles furieux de ses mâchoires bondissant sous ses joues, il arrive hors d'haleine, il est perdu, il ne sait pas, il ne sait rien. Je lui ai déjà parlé de ces épisodes d'absence de ma jeunesse, j'ai employé ce mot « absence » parce qu'il ne fait pas peur, il est presque rassurant, poétique, on s'absente mais on revient, j'en avais parlé avec légèreté entre une gorgée de vin et un baiser, comme on raconte un mauvais souvenir au travers duquel on est passé et qui n'atteint plus. J'ai dû faire un peu le fier devant lui sur le canapé ou au lit, alors il ne s'est pas méfié, il ne pouvait pas penser que ça arriverait de nouveau.

Il bégaie en donnant mon nom à une aide-soignante de garde dont la voix le rassure immédiatement. Asseyez-vous ici en attendant, on va le mettre dans une de ces chambres, ne vous inquiétez pas, il doit juste passer quelques examens obligatoires, c'est pour son bien, il est sorti d'affaire, votre copain. Roman soupire, il mord ses joues et tourne ses yeux dans ses orbites pour ne pas pleurer, il vient de comprendre que j'aurais pu mourir à cause de la chute. Car la crise n'est rien, la crise est banale, des nerfs qui lâchent, des synapses qui court-circuitent. Ce qui est fatal, c'est de tomber de sa hauteur sur le visage, front contre bitume ou nuque heurtant le sol de plein fouet. Vous voulez un verre d'eau ? demande l'aide-soignante.

J'invente la chronologie de sa peur et ses scénarios de fin du monde, j'invente un Roman déterminé, têtu, très beau, qui gêne les brancardiers et s'en fout, son visage qui flotte au-dessus de toute cette agitation et sa main qui glisse dans mon dos quand on me hisse sur le matelas comme un pantin.

Sauf que ça n'est jamais arrivé. Il n'était pas présent lors de mon admission, ce n'est qu'à mon réveil que j'ai découvert son blouson, ses tatouages, son sourire frileux qui flippe un peu. J'aurais dû le prévenir que ça pouvait revenir, c'est la dernière fois, juré, maintenant je vais faire attention à moi, à nous. Il faut qu'on parte en vacances ensemble, qu'on fuie sur la côte et qu'on fasse l'amour dans la pinède chauffée à blanc le long du Bassin. Il nous faut un havre près de l'Atlantique, un toit, un refuge, il faut qu'on se perde sur des routes de campagne étroites comme les hanches d'un âne.

Mais je ne peux rien faire, allongé entre le sol et le plafond. Les songes seuls permettent l'évasion et je dors beaucoup. Après la première visite de Roman (ou était-ce la troisième ?), j'ai rêvé de cette île, l'île où nous sommes allés ensemble à Pâques. Dans le rêve, la voiture que j'avais louée ne tenait pas bien la route et il dormait contre sa vitre tout le long du chemin. J'étais super-fier de le conduire. Il ne se réveillait que pour regarder le paysage, quelques secondes. On est perdus ? Non, on n'est pas perdus, t'inquiète pas. Et je montais un peu la radio pour rester d'attaque.

Nous sommes arrivés sur une plage lunaire, des plateformes de pierre grise, douce et rugueuse, superposées sous nos pieds. Une plage d'après le chaos rien que pour nous, qui brûlait nos voûtes plantaires et donnait des envies d'amour. Dans des cratères stagnaient des miroirs liquides et salés, jouaient des crabes transparents et fragiles comme des ongles de nouveau-né. La mer était claire et doucement agitée par le clapotis. Nous y entrions en pente douce, évitant les taches violacées et brillantes des oursins. De l'eau autour des cuisses de Roman qui me tendait une bière, une cigarette, sa bouche, son cul. Nous avancions tranquillement vers le continent qui s'étendait sans doute, invisible, au loin. Des courants froids emprisonnaient nos mollets et nos poils y dansaient. Quand Roman a lâché ma main, je me suis évanoui.

Au réveil, je me suis dit que c'était plus un souvenir qu'un rêve. Les images n'avaient pas la consistance duveteuse des songes, les contours étaient nets comme une gravure et je me souvenais de la température de l'eau, de la sueur glissant sur mes côtes comme une huile. Avons-nous vécu ces moments tous les deux ou est-ce la morphine encore ?

Je ne tranche pas, je refuse de décider. Tant que je suis à l'hôpital, je ne suis pas obligé de décider. Tout le monde le fait pour moi.

Quand j'ai rencontré Roman, il avait cette audace des jeunes amoureux, la fougue inentamée d'un poulain, des envies démultipliées qui se marchaient les unes sur les autres. Son corps prenait le dessus, bondissait et précédait sa pensée. Je le suivais tout le temps, partout, ivre, à jeun, endormi ou éveillé. Un matin, il m'a dit Viens on part dans le Nord j'ai pris les billets démerde-toi pour ton boulot, et je me suis retrouvé dans un train à côté de ce beau garçon qui m'était alors presque étranger. De lui, je savais seulement que j'adorais dire son prénom à haute voix, qu'on baisait tout le temps et avec beaucoup d'ardeur, qu'il avait de grands projets pour nous et que son gel douche sentait le pamplemousse. Il était celui à qui j'offrais tout le temps des fleurs, j'étais celui qu'il voulait au centre de sa vie, comme un gros astre brûlant. Une chambre de bonne, le sexe un peu trop rapide, le lit à refaire, je dois y aller, c'est moi qui t'appelle. Dans le Nord, nous allions nous rattraper, être amoureux parmi les gens, au cinéma, au restaurant, sur la plage froide, dans les rues désertes emplies d'un vent glacial. Nous avons fait l'amour dans l'hôtel vide. La salle de réception le faisait rire, fastueuse et désuète comme un vieux carnaval d'Ensor, empesée de toute la tristesse de cette côte endeuillée par les belles saisons passées, une destination délaissée au profit de rivages plus cotés, plus photogéniques, plus dorés. Il aimait le bas-côté, le négligé, l'oublié, le pourri, le déclassé, le pas-aimable. Exactement comme cet hôtel, son odeur de poussière sur les abat-jour, ses dépliants défraîchis sur le comptoir et l'haleine crue du réceptionniste. Dans la chambre mauve et grise, il fallait se hausser sur la pointe des pieds pour apercevoir la vue sur la mer promise en lettres autocollantes jaunies sur la devanture de l'établissement. Il y tenait à la vue sur la mer, « merde on a payé quand même ! » Ni une ni deux, je lui ai fait la courte échelle, il s'est engouffré, mince et souple, par le Velux et il a disparu, glissé, envolé, échappé d'entre mes mains comme l'oiseau affolé et ingrat dont on vient de réparer l'aile saignante. J'ai crié, j'ai eu peur qu'il tombe et ne meure. Puis j'ai entendu son rire et j'ai eu hâte de le rejoindre sur les ardoises, d'être dans son flux fruité et juteux de grenade, d'en profiter, de le recevoir en plein visage. « Viens voir, c'est super-beau, viens, putain ! » Et bien sûr c'était super-beau ce qu'on voyait de là : les flots bruns recouverts d'argent coupant, les langues d'écume qui frangent la côte, sa silhouette de chat frêle adossé au toit de l'hôtel et le sable comme du marbre tout en bas. Son corps était à moi à chaque instant et le mien était encore en parfait état de marche. Je lui faisais des promesses et je lui achetais trop de glaces. Je prenais le risque de l'écœurer. Ou je le voulais.

Je donnerais un rein pour revivre ça. Mais aujourd'hui, Roman me veille comme si j'avais cent ans. Il m'accompagne aux toilettes, remet ma perfusion pour fluidifier le goutte-à-goutte, il rajuste ma chemise de nuit avant la tournée des médecins et les mèches lourdes autour de mon front trempé, il masse mes pieds glacés. Comment me désirer après ça ?

Tu m'aimes assez – dis oui – pour me faire l'amour après les cathéters, les trous dans l'épiderme, le pistolet pour pisser, la camisole et le déambulateur, après les petites cuillères de purée glissées dans ma bouche parce que je suis trop faible, les compotes dégueu et les érections qui ne veulent rien dire sous ces draps à usage unique ? Tu aimais embrasser cette pliure, là, à l'intérieur du coude, t'as la peau douce, tu disais. Mais regarde maintenant, regarde cette bouillie de veines violacée, ces dix mille marques d'aiguilles, tu poserais tes lèvres là-dessus aujourd'hui ?

L'hôpital retire tout. Les vêtements, les bijoux, l'envie, le rire, le sexe, tout fuit de minute en minute. Au début, on essaie de se maintenir du côté des vivants, des en bonne santé qui ont les cheveux brillants et la peau souple, le sourire facile et la blague de rigueur. Mais on s'éreinte vite, les gestes, la pensée, la parole, tout coûte beaucoup plus, un rien demande des efforts écœurants. Alors on s'habitue, les cheveux graissent, la peau ternit et on s'enfonce dans les oreillers. Je me tortille entre les draps et l'alaise, poisson dans une soupière de boue, je n'aime pas mon odeur de vieux et de détergent, ce sont les odeurs du monde de l'hôpital et du palliatif. Je rafraîchis mes paumes le long de l'acier des montants du lit mais ça ne dure pas. Il me faut des sensations nettes, vives, glacées comme des sprints à vélo dans Berlin, purifiantes comme l'altitude, des sensations qui clarifient mon esprit et délimitent mon corps, comme des orgasmes, des gifles, le fouet des giroflées, la vigueur de la résine. Je réclame tout ce qui est loin de moi, dont je perds le souvenir en m'amollissant. J'ai peur d'oublier ce qu'est la bonne santé.

J'ai ouvert le paquet de Haribo que Roman a acheté pour moi. Un mélange anglais de gommes et de réglisses, une pâte qui s'effrite, colorée et sans goût. Ça me faisait trop mal de l'imaginer chez l'épicier du coin en train de se demander ce qui pourrait bien me faire plaisir, désemparé et seul. Alors j'en ai mangé la moitié, à m'en rendre malade, et j'ai offert le reste à une infirmière. Ou à un infirmier. Aucun souvenir.

Nous sommes descendus par l'ascenseur pour ma première cigarette, il a posé son blouson sur mes épaules et marchait à mon rythme. Je respirais l'air libre pour la première fois depuis l'accident. Le vent tiède d'été s'engouffrait dans mon cou et mes cheveux.

Dans la cour de l'hôpital, tout le monde vient fumer. Des clopes, de l'herbe pure, chacun se fait du bien. Se faire croire qu'on n'est pas enfermés pour la nuit, c'est le plus important, c'est vital, ça fait tenir jusqu'à l'aube, jusqu'à l'heure où tout redevient vivant. Roman sort un joint avec son vieux sourire maléfique et le colle entre mes lèvres. La première taffe me brûle la langue, le palais, la gorge, les poumons, le cerveau. J'ai peur pendant une seconde de repartir de l'autre côté et de m'écrouler sur le goudron entre les mégots et les flaques de chewing-gum grises. Mais non, je tiens. Ça vacille un peu, mes jambes mollissent, mais je tiens. Un infirmier dont la blouse est ouverte sur un vieux tee-shirt de métalleux nous regarde en souriant ; ça me rassure aussi. Il lâche sa cigarette qui explose au sol dans un petit feu d'artifice orange, l'écrase du bout de sa Dr Martens et file vers l'ascenseur comme un soldat reprend son tour de garde, voûté et hargneux.

Je m'approche des grilles vert foncé qui me font penser à ma cour de CM2 et je regarde le spectacle qui bat son plein de l'autre côté, la scène sur laquelle, libres et sans perfusion au bras, les gens arpentent l'asphalte à une vitesse qui me paraît insensée. Que peut-on avoir à faire de si urgent quand on est en bonne santé ? Un homme à la cravate desserrée crache dans son kit mains libres, une sacoche en travers du torse, un sachet en papier sous le bras, son dîner de célibataire qu'il engloutira devant une série téléchargée avant de s'assommer avec une bière à la mode. Flanqué de ses deux enfants, un autre homme, brun et épuisé, marche au pas de course vers la bouche de métro en se plaignant de la lenteur des gosses qui papillonnent sur le chemin. Deux femmes le dépassent en riant. Seuls les habitués du PMU situé juste en face de l'hôpital ne participent pas à cette danse frénétique. Ils roulent des clopes informes en disant que c'est encore l'heure de l'apéro et qu'ils s'en jetteraient bien un petit dernier avant de rejoindre môman qui les attend pour dîner et ça les fait marrer d'appeler leur femme comme ça, c'est leur code.

Et je les envie. Parce qu'on n'existe pas à l'hôpital. C'est un sas hermétique. On vient te nourrir, changer ton eau et vérifier tes réflexes, mais tu te cognes au verre du gros aquarium. Tu n'as que tes forces propres, tes pensées, tes désirs. Et encore. Très vite toute la chimie te les enlève et tu es comme les autres. Gris, vierge et triste.

Ellia

Maly me pose toujours les bonnes questions. Celles que je n'ai pas envie d'entendre ou que je n'ose pas me poser au grand jour. Les questions dont nous connaissons les réponses sont confortables et inutiles; elles ne nous apprennent rien sur nous-mêmes. Maly me connaît depuis toujours. Nous sommes sorties de l'école ensemble et nous nous sommes retrouvées dans le même hôpital, dans le même service, aux mêmes étages, aux mêmes horaires, avec les mêmes patients. Depuis cette époque, nous avons toujours fait en sorte de nous suivre.

La direction a vite compris que ce n'était pas un caprice et qu'elle tenait entre ses mains un duo en acier efficace et peu exigeant. Nous n'échangeons pas beaucoup sur notre lieu de travail, c'est délicat, nous sommes d'autres personnes et surtout nous n'avons pas vraiment de temps. Pour ça nous avons nos dîners hebdomadaires au restaurant. Maly est seule depuis son divorce et ça lui réussit vraiment, je ne l'ai jamais vue aussi heureuse. Elle n'a plus ce voile un peu terne dans le regard, elle discute de tout ce qui lui passe par la tête d'un air faussement naïf mais toujours sincère, ses yeux se plissent de joie. Elle est enfin heureuse, dirait-on. Son fils est grand, elle apprécie qu'il vienne la voir régulièrement même si elle sent parfois qu'il s'oblige. « Ne te force pas, lui a-t-elle dit un week-end qu'il était de passage. Je ne suis pas encore en maison de retraite. Garde ton sens du devoir pour l'âge où j'en aurai vraiment besoin. D'ici là, viens me voir quand ça te fait vraiment plaisir, je préfère. » Je ne sais pas si je serais capable de dire ça à mes enfants si ça m'arrive un jour. Maly est ce genre de femme.

La pizzeria du boulevard Paul, voilà le lieu de notre rituel, notre rendez-vous à l'écart de l'hôpital, des malades, des collègues et des fatigues. D'habitude, nous avons interdiction d'y parler boulot mais Maly a fait une entorse hier soir.

« Tu y penses plus que la moyenne au petit de la 14, non ? » m'a-t-elle dit alors que nous n'avions même pas commandé nos plats.

Et c'était vrai, je pensais à lui à ce moment précis. Comme je pense à lui en descendant du bus, en traversant le passage piéton devant l'hôpital, en me levant le matin et en me couchant le soir. C'est comme ça depuis son admission et je savais bien que ce n'était qu'une question de jours avant que Maly n'aborde le sujet.

« Tu avoueras qu'il y a de quoi être troublée, non ? Il aurait eu son âge. Exactement. Mardi, le jour de l'admission du 14, il aurait eu trente-deux ans. »

C'est pour ça que j'ai fait une tarte au dîner mardi. Personne n'a fait de commentaire car tout le monde sait que cette date est la sienne. Je ne crois pas en faire des tonnes non plus, je n'impose rien à personne, pas de discours, de prière ou de petite chandelle dans un coin, mais je marque le coup à ma façon, avec une tarte aux abricots et à la pistache parce que c'était son régal. Il ne faut pas chercher à faire revenir les morts sous peine de faire grandir son chagrin et de s'engloutir au cœur de la terre ; il suffit de leur donner une place juste, l'ombre peut-être de leur silhouette dans le salon suffit.

« Pas de transfert, hein, a ajouté Maly en souriant devant mon silence. Si tu veux en parler, je suis là et je peux t'aider si tu veux. Mais seulement si tu m'aides aussi.

— T'aider pour quoi ? ai-je demandé, inquiète.

— Eh bien, Margherita ou Calzone ? Tu sais bien que je suis incapable de choisir ! »

Elle a le chic pour mettre sur la table les sujets qu'on préfère habituellement laisser sous leur tapis de tristesse, pour mieux dédramatiser la situation par une pirouette.

Son petit tour m'avait suffi, elle avait tout compris et je n'avais même plus besoin de parler ni de mon fils ni du nouveau patient. Juste de boire un coup de rosé avec ma vieille copine.

Roman

Je viens te voir plusieurs fois par jour et ça ne m'arrange pas car je commençais à m'habituer au célibat et à sa solitude forcée, aux journées grises et aux nuits vides. J'apprivoisais de soir en soir ton absence, j'arrivais à ne plus penser à notre histoire pulvérisée, à notre talent pour le bonheur englouti par le trou noir de ton départ. Les espaces vides de mon appartement et les heures sans toi pesaient de moins en moins. J'avais même arrêté de te traquer sur Internet. J'ai revu un ex, j'ai fait des plans cul dans ce qui fut notre lit, sans état d'âme, sans une pensée pour toi. Je m'offrais des fleurs, j'ouvrais du brouilly, je gardais le plan de travail impeccable, je passais l'éponge avec frénésie, application, satisfaction. Je ne voulais plus voir tes yeux quand je fermais les miens. À la place de ton bureau, j'ai mis le canapé, je dormais dedans et quand j'avais trop bu je foutais à la poubelle ta brosse à dents, tes livres, ton poster de Twombly et le Polaroid de Tel-Aviv. Et au matin j'éventrais le plastique noir pour tout récupérer.

Le magma de ce que nous appelions l'amour avait commencé, immobile, de s'assécher et de former une croûte encore fragile mais bientôt à l'épreuve des regrets. Ce temps n'est jamais venu car tu as ressurgi sur ton lit d'hôpital, le regard brillant et la barbe aussi douce qu'avant.

À présent, chaque minute passée loin de ta chambre d'hôpital est un interminable tour d'horloge et ça me plombe. J'ai lu une partie de la nuit face à l'écran :

« Arrive d'abord la phase tonique avec une contraction musculaire globale, puis suit une phase clonique avec des secousses de l'ensemble

du corps. Puis, en fin de crise, il y a un retour progressif à une conscience normale, mais une fatigue et une angoisse persistent.

Les absences : rupture de contact durant quelques secondes avec fixité du regard, parfois accompagnée d'automatismes (gestes involontaires et inadaptés). Elles se répètent fréquemment.

Les gestes à adopter :

– allonger la personne et la mettre sur le côté ;

– protéger la tête contre les blessures qu'elle pourrait se faire ;

– s'assurer que la personne respire sans difficulté, en particulier si son visage pâlit ;

– rester avec la personne jusqu'à récupération en la réconfortant et en vérifiant si elle est blessée ;

– ne pas paniquer, ni intervenir si cela n'est pas nécessaire ;

– ne pas empêcher les mouvements et ne rien mettre dans la bouche ;

– ne pas déplacer la personne, sauf risque de blessures ;

– n'appeler les secours que si les crises se succèdent ou en cas de difficultés respiratoires ou blessures ;

– s'assurer que tout va bien, même si la crise semble terminée. »

J'ai eu du mal à m'endormir mais j'ai fini par sombrer dans un sommeil agité, j'ai refait le cauchemar qui revient depuis ton départ. Plus réel. Plus violent encore à cause de ta maladie. Le cauchemar de la fin de nous, de la fin du monde. Un rêve d'apocalypse où tout le monde a disparu et dans lequel je te cherche au milieu des ruines, des décombres et des gravats. Je passe au crible un paysage désolé pour te retrouver. J'imagine le pire et je repense à l'humanité abolie et à l'agonie, à Pompéi et à Port-au-Prince, à Hiroshima et à Ground Zero, à Fukushima et à Alep, aux villes où les cœurs s'arrêtent de battre et explosent en mille fracas, aux villes où les corps deviennent cendres. Je récite sur mon chemin ce poème que tu aimes et connais par cœur : « Je suis le Ténébreux, – le Veuf, – l'Inconsolé… »

En arrivant sur place, j'entends comme un tonnerre les rires gras des hommes en uniforme derrière moi : « Vous n'avez aucune chance, vous ne retrouverez jamais le moindre lambeau, me disent-ils tous. Ici, y a plus rien, mon p'tit monsieur, rien que des morceaux de barbaque explosés partout. » Je les prends, les morceaux ! Je prends tout, donnez-les-moi, je sais reconstituer le corps de mon amour, je peux le rassembler les yeux fermés, la tête sous l'eau, mes doigts feront tout le boulot, mes doigts qui l'ont tant caressé, massé, palpé, fouillé, j'en connais les creux profonds, les entailles légères, les endroits plus granuleux et les plus doux, les os saillants et les haltes moelleuses, je peux le refaire à l'odeur, son corps, je sais tout, des cheveux de prince aux pieds de mendiant.

« Vous cherchez quelque chose ?

— Non.

— Vous recherchez quelqu'un ?

— Oui.

— Vous n'avez pas de badge, vous devriez quitter la zone. »

Je marche sur des fragments, des crânes éclatants, des os qui tapissent la terre comme un lit nuptial sans fin, un drap d'amour qui craquelle sous les semelles et le soleil, des myriades d'oiseaux emplumés de pétrole, des petits entassements d'écureuils figés dans leur mouvement de fuite, des hérissons roses, des oiseaux, des biches amassées, des cerfs, des faons aux yeux blancs, des poules d'eau tristes et des oursons sans griffes, des plumes des plumes des plumes encore des plumes, des touffes arrachées aux chevreuils, des vieilles taupes égarées, des renards efflanqués, des lapins, des lapines, des lapereaux, des coussinets brûlés, des ailes, des nerfs fondus, des muscles et des tendons, les traînées d'acide sur les groins comme des coulées de lave, les coulées de lave sur les colonnes vertébrales comme des traînées d'acide. Des serpents et des lézards ne restent que les peaux translucides et poétiques. Des gibbons au regard empli d'effroi pendent des branches, carcasses carbonisées se balançant au-dessus des macaques. Des rats noirs, des reinettes, des varans la gueule pleine de mulots, des débandades pétrifiées. Loirs, belettes, fouines, castors et chinchillas les uns sur les autres, une grosse fornication de rongeurs cramés, comme s'il fallait baiser avant le Jugement dernier. Carapaces calcinées et vides de toute tortue, tonnes de petites bêtes impossibles à identifier, peut-être des bébés loutres au regard doux, des oursins desséchés, des cauris irisés, des chats pétrifiés ou des calamars violets.

J'entends les dernières voix, celles qui vont me mener à la sortie du cauchemar :

« Nous pouvons vous aider.

— Comment ?

— Il existe des cellules psychologiques de crise. Elles sont à votre disposition et sont entièrement prises en charge.

— Pour quoi faire ?

— Monsieur, il faut vous ranger sur le côté, vous êtes sur le tracé des convois prioritaires. Je vais libérer une tente, l'infirmerie peut accueillir quelques extras, l'imprévisible a été prévu par les autorités.

— Non, je vais repartir. Je veux rentrer chez moi.

— Attendez, il y a un processus de décontamination. Vous devez respecter le protocole, s'il vous plaît. Monsieur ! »

Soudain, je pense que peut-être tu n'es pas mort à l'air libre mais vivant sous terre. Le sol meuble et le sable qui t'emplissent tous les trous, tes doigts qui s'agitent en croyant palper le dur, ta bouche qui cherche l'air et avale par mégarde un lombric.

Je finis par admettre que ma quête ne sert à rien, que tu es mort, que la personne qui m'aimait en toi est morte et qu'on ne sauve pas un amour enfui, on ne retrouve pas un cadavre enfoui.

Avant de me réveiller, j'entame la construction de ton mausolée. Les gens se diront Comme il a dû l'aimer ! Et comme il l'aime encore ! Ça existe donc de nos jours, un amour comme ça ? Ils pâliront d'envie, ils ne comprendront jamais ce que ça fait d'être en toi mais ils en crèveront de jalousie.

Ça te ferait revenir, une telle preuve d'amour ?

Marco

Je ne suis pas dupe.

La parole qui manque ici, c'est celle du réel, pas celle du jargon de l'hôpital. Il nous faut des mots sans enjeu, gratuits et imprévisibles, ceux qui réchauffent quand ils se donnent la nuit, avec effet immédiat.

C'est cette parole que j'ai trouvée avec le jeune type. Je l'appelle comme ça parce qu'il est franchement plus jeune que moi et que je ne connais pas son prénom. C'est pas un exploit; je suis à un âge où tout le monde est plus jeune, on a les rides qu'on mérite et j'ai rien fait pour éviter les miennes. C'est pas tant la question d'être attirant ou pas, c'est surtout de vieillir qui fait un drame dans les miroirs. Et c'est pas la vie à l'hôpital qui va rendre de la prestance. On pourrait croire sur le papier : le repos, la prise en charge aux petits oignons, dormir tant qu'on veut jour et nuit, et on ressort comme neuf en promettant de faire attention, d'appliquer les conseils et de se tenir au suivi médical, hydraté de partout et prêt pour l'avenir immaculé. C'est tout l'inverse. Si tu entres avec un peu d'estime de toi et de ta gueule, tu ressors dévasté, épuisé, hirsute, à bout de tout et sans envie de t'occuper de la suite de tes jours parce que tout semble foutu d'avance et que le cycle ne s'arrêtera jamais.

On ne guérit pas des cailloux aux reins, par exemple, j'en sais quelque chose. C'est pas une maladie, un virus ou un bras cassé, c'est une condition. Tu n'en meurs pas mais tu meurs avec. Et ça veut dire abonnement aux urgences direct.

Mais de ça, je ne parle pas autour d'une clope. Pas à la première en tout cas. J'attends un peu de savoir ce que les autres ont dans le ventre. Un diagnostic, ça se donne pas au premier venu, on a déjà eu du mal à le faire sien, à l'apprivoiser, à faire avec, à en devenir proche. On ne partage pas le nom de son mal à tous les vents. En parler ou non, c'est souvent le dernier levier, notre ultime option de le faire exister ou pas.

Globalement, les fumeurs sont les plus cool parmi les patients. Détendus, l'œil moins angoissé, l'épaule plus relâchée, ils forment des petites bandes de zombies déterminés prêts à buter si quelqu'un leur barre le chemin vers la nicotine. On se reconnaît même dans les couloirs ; on rase les murs avec la peur du gendarme. Il y a quelque chose d'enfantin dans nos fraudes de nuit, la joie excitante de faire clan, une chose en commun que les autres ne possèdent pas et qui leur manque, du frisson collectif à pas cher. Ça fait un groupe dans le groupe, une île dans un lac dans une île dans un lac. Ça se devine sans petite annonce ni mode d'emploi. On trouve tout seul, pas besoin de panneau. Et ces espaces que nous créons à la tombée du jour, ces frontières louches encorbellées de nos volutes grises, ces territoires où les langues se délient, font envie à tous les autres patients de l'hôpital. Je suis sûr de ce que j'avance. Sinon pourquoi les non-fumeurs viendraient traîner avec nous à deux heures du matin ?

Ils savent qu'à cet endroit, il y a la vraie parole.

La langue officielle à l'hôpital, c'est le Médical. Elle est faite de noms savants et de chiffres, de latin et de variables à plusieurs décimales. Elle nomme les douleurs et rationalise les angoisses, elle impressionne et dit : « Votre cas est référencé, nous savons de quoi vous souffrez et nous avons la situation bien en main, rendormez-vous. » On commence par essayer d'y comprendre quelque chose, les moins timides et les plus instruits y parviennent, mais au final on baisse tous les bras, noyés sous le jargon, assommés par le Savoir.

La deuxième langue n'a pas de nom, on l'a déjà entendue avant, elle est parlée par-delà les enceintes de pierre, dans le *vrai monde*. C'est celle de l'hypocrisie bien intentionnée. Elle existe pour rassurer, pour cajoler, pour donner le moral. Elle est amidonnée à la virgule, elle ménage ses effets avec syntaxe attendue et grammaire frileuse.

Celle-là navigue entre le vrai et le bonbon, entre le réel et l'espoir, trop pomponnée pour être honnête. Les soignants ont bien appris leur leçon, ils savent y faire, formés à la farce qu'ils doivent nous jouer quoi qu'il arrive. Même les didascalies se dessinent autour d'eux dans l'air confiné :

« Le Médecin-coryphée s'avance solennellement jusqu'au pied du lit, face au Patient. Il tient entre ses mains sa partition sur laquelle tout est écrit, tout est joué, tout est perdu. Ses yeux se penchent sur ses notes, regard vide, puis il se redresse lentement vers l'Allongé.

Le temps de la Sentence approche. Les cymbales résonnent.

Les Internes viennent prendre place autour de lui à parts égales pour former le chœur. Ils entonnent Le Chant du Compte Rendu en sourdine à l'oreille du Médecin qui inspire par ses broussailleuses et divines narines. Il ajuste son costume, redresse le col de sa blouse. Il est prêt à tonner son verdict.

Le Patient patiente, se redresse sur ses oreillers pour n'en pas perdre une miette. Un tube le retient à l'horizontale et lui arrache une grimace de gêne. »

Lui, je ne sais pas pourquoi il est là ni dans quel service il est, mais il présente encore bien. Il est même plutôt beau si ce n'était ce teint de traversin. Mais qu'est-ce qu'il a l'air triste. Triste comme s'il était là depuis des années, triste comme si l'hosto c'était la tôle, hagard et vide à l'intérieur comme une demande de rançon en vidéo.

Dès le premier soir, à voir sa tête esseulée, quelque chose est monté et je suis allé vers lui. Les muets s'attirent entre eux. Magnétiquement. Ceux qui restaient sous les arbres ou le préau sont ceux qui aujourd'hui tiennent le mur en solo en fumant leur clope. Se tenir à l'écart du troupeau, c'est une habitude qu'on prend jeune et qu'on ne lâche jamais ensuite. On grandit, on mûrit, on vieillit, avec ce réflexe craintif de solitaire. On peut essayer de faire illusion, on prend les codes, on capte les formules entendues dans les commerces ou les transports, on apprivoise les mots que se disent les gens qui savent. On peut essayer de se les mettre dans la bouche, les répéter pour connaître le rôle, ça tient jamais bien longtemps. Il y a toujours un moment où l'effort est trop intense et où les digues cèdent. On a besoin du retour au silence et à l'isolement.

Je n'allais pas lui dire C'est qu'une mauvaise passe, crois-moi, petit, dans pas longtemps t'es dehors et t'auras oublié. Alors je lui ai balancé mon prénom rapide et je lui ai demandé son feu.

Je savais qu'on allait parler tard dans la nuit. C'est comme ça que se font les confidences : entre inconnus.

Le Patient

C'est en sortant d'une sieste que tout est remonté à la surface.

Des morceaux de cadavres empaquetés qui font le trajet depuis les profondeurs où ils étaient coincés et qui reviennent à l'air libre sans prévenir.

L'hôpital, c'est les abysses et le silence. C'est la perte de soi. S'y réveiller, c'est être seul, ignorer où on est et se mordre les joues quand on se souvient. Chaque retour à la vie est un petit séisme qu'on finit par apprivoiser. On s'habitue bientôt à ce rythme binaire, à se réajuster au réel, à remettre les rêves en place.

Asservi sous les draps et à moitié nu, on ne pense pas pareil, tout conditionne à la soumission.

Être allongé, c'est quelque chose tout de même. Personne n'en parle, personne ne dit le trauma. Impuissant et passif, voir le monde de son lit, à l'horizontale, perspective nulle, ligne de fuite zéro, écrasement total. Du plafond, l'angoisse prend tout son temps pour vous tomber dessus et vous mettre à sa merci.

Ellia, ma Parque en blouse blanche, ma fileuse, ma veilleuse, ce corps massif de miel aux gestes sûrs et souples, Ellia, entre les mains de qui j'ai choisi de m'abandonner dès la première heure, me conseille souvent d'aller me dégourdir les jambes parce qu'il faut pas s'encroûter là à rien faire, ça va vous rendre zinzin.

Elle sait que l'immobilité est un fléau. Le lit devient une prison et on se prend à rêver de mouvement. Ah… traverser le couloir ! L'Éden perdu, le paradis interdit réservé aux bien-portants, à ceux qui marchent et respirent sans même y penser. On ne réclame même pas le dehors, le ciel au-dessus, ni la rue. On revoit vite nos fantasmes à la baisse. Vivement la prochaine radio que je voie du paysage.

Pendant les trajets en brancard, le monde est à l'envers : sur le dos, yeux grands ouverts, pieds devant, immobile et en mouvement. C'est à n'y rien reconnaître. Carrés de placo manquants, lianes électriques, gaines d'aération, pancartes furtives et codes couleurs, Urgences, Cardiologie, Radiographies/IRM, Neuro-urologie, Néphrologie et dialyse, Oncologie, Bâtiment Violet, Hépato-gastro-entérologie, Psychiatrie, Bloc opératoire B, Chirurgie digestive. Tellement d'endroits différents pour crever. Mes brancardiers poussent et tirent mon rutilant vaisseau sur roulettes, ouvrent des portes magnétisées, prennent des raccourcis accessibles par le seul port du badge, engouffrent mon attelage dans un ascenseur au plafond d'acier. C'est là, à l'abri dans ce cercueil vertical en mouvement, qu'ils s'autorisent des blagues entre eux, parlent de leur copine, des vacances à venir, des nuits passées, de ce qui les anime en dehors du travail. À nouveau les couloirs qui succèdent aux couloirs, les cieux désolants, les virages mal négociés, les odeurs qui s'enchaînent et les températures qui varient. Sous ma couverture de papier, les pieds à l'air, je suis un enfant qui ressemble en tout point à un cadavre.

Ces trajets usent le moral et on aspire à revenir au calme de sa chambre. Vivement ces draps mille fois lavés qui sentent encore la vieille peau. Tout est réglé, même l'ennui.

Je commençais à m'y faire, à me résigner à mon sort et à attendre patiemment ma sortie, mon retour à la vie normale, à ma vie avec Roman. Puis la mémoire m'est revenue.

Un gros morceau de ma vie coincé entre un neurone et une dose de codéine. Un gouffre d'oubli abrité par mon propre crâne. Des mois entiers passés à la trappe.

Roman ne m'a rien dit. Roman m'a menti.

Pendant ces jours de visite, ces nuits de veille sur son matelas d'appoint épais comme une pelure, pendant ces heures muettes et rageuses à mes côtés, il ne m'a ni corrigé ni repris. Il a pourtant bien dû se rendre compte que quelque chose déconnait, que je vivais comme si avril dernier n'était jamais arrivé, que mon espace-temps était vrillé ; il a forcément remarqué que j'avais occulté notre séparation.

Tout a ressurgi en tsunami. Je me suis refait notre *big bang*.

« Je vais quitter Roman », avais-je dit à Marianne un matin.

J'avais prononcé ces mots sans trop savoir où ils me mèneraient, sans me les interdire non plus. Ils étaient les seuls capables de décrire mon état avec justesse, de dire ce que ma vie était à ce moment précis. Ces mots n'avaient aucun rapport avec ce que j'étais en mesure de faire de moi ni de mes lendemains, ils demandaient à sortir. « Quand on aime quelqu'un, c'est la seule pensée qui nous emplisse vraiment, avais-je poursuivi presque pour moi-même – et c'est ce que nous cherchons dans l'amour, non ? Avoir quelqu'un à qui penser jour et nuit, se remplir, contenir quelque chose de plus important que soi, tu ne crois pas ? Eh bien, c'est exactement pareil lorsque l'on n'aime plus et qu'on envisage la rupture : il devient impossible d'avoir autre chose en tête que ce bouleversement, que ce tremblement de terre qui vient atomiser ce en quoi on avait cru pendant des années. »

J'avais dit cela sans emphase et avec une absence d'émotion qui, aujourd'hui encore, me surprend. Marianne avait regardé mes mains sans les saisir, sans caresse ni baume, se contentant de ne rater aucun des mots flottants au-dessus de la table. Le serveur s'était approché pour nous encaisser, mais avait reculé brusquement au dernier moment, puis il s'était détourné de nous. Quelle expression de fin du monde pouvait bien refléter mon visage pour l'effrayer à ce point ? Il s'était cogné contre une des tables voisines puis s'était précipité vers d'autres clients assis au bar.

Un type est sorti des toilettes en reniflant, les yeux rougis, une femme y est entrée, trente ans, jolie, joyeuse. Je l'ai enviée. J'ai cru voir ma tasse s'agiter comme à l'annonce d'une secousse sismique imminente, du passage d'un métro. La secousse s'est arrêtée quand j'ai fermé les yeux. La crise évitée.

Le soleil frappait mes épaules à travers la fenêtre. J'ai pensé qu'il était temps de me lever, d'avancer vers quelque chose de neuf et de cesser de craindre.

« Je me suis couché hier soir à ses côtés en sachant que je mettrais fin à notre histoire dans les quarante-huit heures, avais-je repris après une gorgée de café tiède. Ce que je ne m'explique toujours pas, c'est que j'ai dormi comme un bébé la nuit dernière. »

Marianne ne m'a pas pris les mains mais ses yeux avaient toujours la bienveillante patience de l'amie.

« Alors agis rapidement, a-t-elle seulement décrété. Et fais ça proprement. En attendant, je t'emmène hors de la ville. »

Puis, sans rien dire de plus, nous sommes sortis du café pour aller au lac.

Dehors le soleil était sans pitié. Je me souviens exactement de cette chaleur, on se disait que le printemps se prenait pour l'été et qu'il fallait en profiter. Ma chemise était trempée et mon corps glissait vers le sol à chaque pas.

Nous avons marché un temps qui m'a paru ne jamais devoir cesser, comme on marche avec obstination sans jamais toucher au but. Je me faisais l'effet d'un coureur de marathon, je grinçais des dents, fredonnais mécaniquement. Toutes les rues m'étaient familières jusqu'à l'étouffement. Marianne m'a parlé du jour où elle avait assisté au moulage d'une sculpture monumentale et très célèbre dont le musée de Séoul venait d'acquérir une copie. Elle m'a raconté le moule dans sa gangue, enfoui à l'envers sous terre, sans doute un trou de plusieurs dizaines de mètres de largeur et de profondeur. Les tuyaux qui ressortent sur les côtés pour évacuer le bronze en trop, les scaphandriers qui se penchent, vérifient et s'assurent de tout, enfin l'apocalypse du métal à 1207 °C que l'on déverse dans le moule enterré, suivi d'un étonnant silence, puis le surplus qui rejaillit par les jets et les évents. « Ils l'ont laissé refroidir trois mois, et moi j'en ai rêvé pendant une semaine », a-t-elle conclu avec sa tête d'enfant encore étonnée d'une telle furie. Je me sentais exactement ainsi en marchant à ses côtés, du bronze en fusion qui coule infiniment sous terre dans une absence de bruit inquiétante.

Il n'y avait pas de système de climatisation dans la voiture de Marianne, l'air y charriait ses odeurs par les vitres ouvertes.

Sur la berge, Marianne a enlevé son tee-shirt et son pantalon et est entrée dans l'eau du lac. Je l'ai suivie sans réfléchir. Tout autour, la forêt nous ceinturait, noire, épaisse et fraîche. Formant un cercle presque parfait sur les contours du lac, elle nous murmurait que tout allait bien et qu'il suffisait de nager pour s'en sortir. Sur la ligne sinueuse où les arbres faisaient place à la plage, des fleurs de chicorée sauvage s'aventuraient comme des billes dispersées. L'eau était tiède et son goût fade. J'ai ouvert les bras devant moi et senti des algues douces comme de la soie le long de mes flancs. La surface du lac propageait les voix les plus aiguës.

« Relève la tête, a ordonné Marianne. Et souris. »

Sur les rives, il y avait des familles pauvres qui ne partaient jamais au bord de la mer, des cris d'enfants comme dans le monde entier, des rires crevant le ciel, des phrases en russe et des femmes pudiques. La cabane des surveillants de baignade ressemblait à un vieil hôtel de chasse un peu ridicule entre la forêt et l'eau. À quelques mètres de nos serviettes étalées sur la grève, un homme et une femme se parlaient durement avec des gestes brusques et de grandes envolées de bras. Leurs visages grimaçants et haineux m'ont inquiété. Sur leur droite, un vieil homme se tenait allongé sur le dos, en appui sur ses coudes, observant baigneurs et marcheurs du bord, hochant la tête avec régularité.

Sous mes pieds, la vase suave du lac m'accueillait comme une vieille amie et j'ai poursuivi ma brasse calme. Mon corps se détendait. Deux adolescents s'éclaboussaient.

Nous avons quitté le lac alors que le sol reprenait sa respiration nocturne et que les dernières familles étaient parties depuis longtemps.

Ce soir-là, après avoir quitté Marianne, je restais tourmenté sur le trottoir devant l'appartement et j'invoquais des remèdes anciens à l'angoisse. Les baumes violents au camphre et à l'eucalyptus que ma mère répandait sur ma poitrine le soir me manquaient douloureusement. Autrefois, m'installer devant la fenêtre de la salle à manger apaisait aussi toute peine. J'y regardais les mouvements furtifs du grand jardin calme. Mais mes ancêtres sont morts et cette maison a été vendue il y a plus de dix ans. Sans baie vitrée, je suis perdu, m'étais-je dit en apprenant la nouvelle.

J'ai quitté Roman le soir même.

Nous avions pourtant trouvé un équilibre amoureux et un bel appartement. Le bois luisait au sol sous nos pieds nus, le tissu du canapé était frais l'été et réconfortant l'hiver, l'acier inoxydable de la cuisine étincelait en toute saison et Roman baladait son corps souple parmi les bibelots de goût du salon. De beaux objets, des livres pleins de savoir et d'images, une bougie lourde comme une enclume, un encombrement minimal pour les yeux. Dans la salle de bains immaculée, l'émail rutilant, les mosaïques, la vasque sensuelle, les miroirs impeccables et les parfums mêlés. La chambre comme un summum de dépouillement, du blanc, du coton américain froissé, d'épaisses descentes de lit, des rideaux comme des chutes d'eau. Nous ne pouvions rien réclamer de plus. Nous avions œuvré jour après nuit pour ce résultat. Nous voulions le bonheur et nous l'avions. Un bonheur aussi inoxydable que l'évier, en parfait état de marche comme un lave-vaisselle neuf, propre et photogénique, lisse, léger et irisé comme une bulle de savon, enviable comme du miel liquide.

Tout me revient nettement de ce jour-là: je m'étais levé un peu brusquement des coussins profonds. « Elle m'emmerde, cette porte à grincer tout le temps. » J'avais dit ça en désignant celle qui sépare le salon du couloir.

« Laisse, on fera ça demain, il est tard.

— Non, faut que je le fasse là sinon ça va me rendre fou, j'en dormirai pas. »

J'ai disparu pour prendre la caisse à outils. Roman est resté avachi sur le canapé, il a dû s'allumer une cigarette au mégot de la précédente.

J'ai eu envie de dire le prénom de Roman à haute voix, de l'appeler, de le prévenir: je vais partir, ça devait arriver un jour ou l'autre et c'est aujourd'hui.

« C'était vraiment urgent, cette porte ? »

Je ne réponds pas à la question car je n'entends pas Roman prononcer cette phrase. Parce que je descends déjà l'escalier de l'immeuble.

La mécanique de la peur doit commencer de coloniser son cerveau et son cœur, fractionner sa tranquillité, pulvériser sa quiétude.

Il doit longer le couloir dans l'autre sens, passer la tête dans la salle de bains. T'es où ? Cette fois, il fait toutes les pièces une par une de plus en plus vite, un coup d'œil à chaque fois, puis recommencer en regardant sous le tas de vêtements empilés, derrière les armoires, comme s'il avait perdu les clés, c'est vrai que j'adore me cacher – il dit mon prénom, il dit J'ai fait le tour là, c'est bon, t'es chiant, il dit mon prénom de plus en plus fort et il voit la porte d'entrée ouverte.

J'aurais dû te le dire en face: je pars parce qu'on a tout cramé et que je ne suis pas du tout un homme pour toi.

Maxime

La terreur envahit les Allongés au milieu de la nuit. Une horloge de la peur est logée dans leur sternum et frappe immanquablement leurs tempes en battements réguliers, en secousses d'angoisse, en petits marteaux d'effroi, et rien ne peut enrayer le mécanisme remonté.

Ils appellent sous le prétexte d'un médicament ou d'un objet indispensable hors de leur portée et c'est évidemment tout autre chose qu'ils réclament. C'est un besoin de matière vivante à leurs côtés, une présence solide et inconditionnellement dévouée. Comme des nourrissons, ils ont faim et soif d'amour, ils ne savent pas le dire. À l'inverse de nourrissons, je ne peux pas les prendre dans mes bras. Mais il suffit de s'installer sur le bord du matelas et de donner. J'ai appris à prendre la voix qu'il faut, enjouée, douce, grave, empathique, distanciée, j'ai appris à blaguer avec les plus sympas, à lancer les répliques, à lire un bout de journal et à donner des nouvelles du dehors. Ils ont besoin qu'on leur parle, ils n'en peuvent plus du silence qui les rend fous. Ça les ronge sans retour. On ne se rend pas compte quand on ne fait que traverser un hôpital au milieu du personnel pressé, des familles perdues et des téléphones stridents des secrétariats, on ne remarque pas quand on est visiteur de ce bâtiment propre comme l'intérieur d'un coquillage passé à la javel, on n'imagine pas, en plein jour, entre une cafétéria bourdonnante et une sirène d'ambulance, on ne peut pas se figurer qu'à la nuit tombée le silence recouvre tout. C'est ce vide des abysses que nous devons combler, c'est ce linceul de plâtre qu'il nous faut craqueler à coups de paroles et de mains passées dans le dos. Le plus souvent, les Allongés Inquiets ont juste besoin de vérifier. Ils ne veulent pas rester dans le vortex de l'ignorance. J'écoute leurs récits que je connais déjà par cœur. « Vous savez, il n'a pas été très aimable, votre professeur Machin, hein, quand il est passé tout à l'heure. D'ailleurs, je ne suis pas sûr d'avoir compris ce qu'il me disait pour mon truc à la tête, mais du coup j'ai pas osé lui poser de question, je me suis senti bête, et puis, c'est vrai, j'oublie beaucoup de choses ces temps-ci, si ça se trouve il m'a déjà tout expliqué et je ne m'en souviens plus. » Alors je leur réexplique si je peux, je trouve d'autres mots, je fais des phrases courtes, je dis des mots pour les enfants. Non pas qu'ils soient idiots, au contraire, mais parce que ce sont des mots qui tiennent la route. J'utilise aussi parfois des métaphores, c'est très efficace, les métaphores, et si je suis en forme, je raconte une histoire, un conte, une fable d'Ésope qui illustre ce qui se passe dans leur cerveau. Tout est dans Ésope. S'il faut, je brode, j'en rajoute un peu. Certains me demandent de raconter la même histoire plusieurs soirs de suite.

Et puis il y a les Allongés Bavards, ceux qui n'ont pas besoin d'être rassurés mais de parler. Ça peut jaillir comme une source inépuisable, sans finalité réelle, juste pour retapisser la chambre de leurs mots familiers, de leur propre voix rassurante, juste pour affirmer Je ne suis pas mort, vous voyez, je vous parle.

Ça peut aussi surgir dans la journée, quand on passe pour un soin ou un déjeuner et qu'ils se sont assoupis. Ils sont perdus, ne savent pas très bien où ils sont, se dressent sur leurs oreillers comme s'ils voulaient nous faire croire qu'ils étaient en état de veille depuis des heures, comme s'ils voulaient dissimuler leur sommeil diurne. Ces paroles de jour sont à la fois très confuses et pourtant très économes. Comme le type de la 14, hier. Juste à la fin de ma journée, vers seize heures, il a absolument tenu à me raconter un rêve dont il sortait tout juste, une histoire de colis qui remontent à la surface, d'un secret enfoui et d'une quête de l'amour. C'est pas vraiment mon truc d'interpréter les rêves et d'analyser les gens, mais là j'ai senti qu'il y avait quelque chose de très douloureux et de bloqué. Comme ses colis. Il ne fallait pas le laisser comme ça, je l'ai su tout de suite. Je suis resté près de lui. J'ai fini par comprendre qu'il avait eu des pertes de mémoire et que ça revenait par flashs. Il était perdu.

« Vous ressortirez d'ici entier, je lui ai dit en souriant, je vous le promets. Je sais que c'est jamais drôle de rester longtemps avec nous, vous pouvez pas faire grand-chose et vous restez tout le temps au lit, mais c'est bientôt fini.

— Jusqu'à la prochaine fois ?

— Ne pensez pas à la prochaine fois, c'est mon conseil. Et l'épilepsie, ça se stabilise très souvent avec les années, vous savez. Il faut juste trouver la molécule adaptée à votre cas. »

Je sentais bien que j'étais à côté de la plaque et que mes mots sonnaient faux. Il réclamait plus, alors j'ai essayé de m'aventurer sur ce qu'il m'avait dit de ses rêves, de ses retours de mémoire et de ses peurs :

« Vous n'avez rien perdu de ce que vous étiez avant. Tout ce que vous avez laissé avant votre crise vous attend à la sortie.

— C’est justement ça, mon problème. »

Je me suis mis à trembler, mais j’ai continué de le regarder bien en face pour qu’il sente qu’il pouvait continuer, que je n’allais pas le laisser en plan même si sa réponse résonnait dans mon thorax avec trop de force.

Mais rien. Il n’avait plus rien à ajouter. Il était allé au bout et ça m’a fait un tel effet que j’ai décidé de quitter la pièce. Comme si moi j’avais rêvé.

« Je vous retrouve tout à l’heure quand je viens récupérer mon plateau, j’aurai plus de temps pour discuter avec vous. Bon appétit ! »

Et je suis sorti parce qu’il me faisait peur.

Le Patient

J'ai œuvré pour une rupture chirurgicale. Celle des siamois que l'on sépare pour leur assurer une vie autonome malgré l'amputation. Incomplets mais vivants. La méthode était contestable, elle l'est toujours et le sera à tout jamais, mais quelque chose s'était brisé tandis que je nageais la brasse dans le lac, quelque chose s'était détaché de moi et de mon amour pour Roman, quelque chose que, le soir même, j'observais de très loin tandis que nous regardions notre série sur le canapé. Oui, j'avais été lâche car j'avais déserté notre foyer de la plus atroce manière et j'avais d'ailleurs continué d'être lâche les jours suivants, constant dans la lâcheté et la médiocrité, mais c'était une autre personne que moi, je pense, qui ne pouvait faire autrement, qui ne savait pas comment opérer. C'était moi sans Roman ; c'est-à-dire quelqu'un de beaucoup plus dur et de désœuvré. Puis je m'étais ressaisi et j'avais assuré le service après-vente et accepté toutes les conditions, toutes les modalités imposées d'une séparation que l'on provoque unilatéralement.

Alors qu'est-ce que tu cherches quand tu viens me voir à l'hôpital, Roman ? Tu crois vraiment qu'on peut refaire l'amour, refaire notre amour, démolir la croûte de crasse accumulée et reprendre brique par brique, mot par mot, dissoudre la nostalgie à la salive, tout propre, tout beau, avec ce qu'on sait déjà de nous, de nos mains, de nos peaux, de nos doigts, de nos cœurs, de nos lèvres, de nos langues, de nos pieds, de nos trous, de nos sueurs et de tous nos fluides, de nos poils, de nos cicatrices et de nos tatoos, de nos queues, de nos cils, de nos mots qu'on se crache, de nos rythmes, de ce que je sais de tes hanches, de ta taille, de ton poids, de ta nuque qui ne s'arrête jamais, de ton cou tendu, de ton corps léger, ton corps d'oiseau et de puma grimpant les falaises, de tes soupirs et de tes souffles, de notre épuisement aussi. Tu penses qu'on peut arrêter les pièges sous les draps et les coups de poing de rage dans le mur, ne plus se faire peur, ne plus se faire mal, tenir le bras, tenir les épaules, tenir celui qui flanche, empli de trouille et de solitude, ne plus embrasser les autres garçons sur les *dance floors*, se faire des trous au cœur, se rendre fou, se dire je t'aime et tourner le dos, user nos réserves, nos provisions de secours, la patience, la tendresse et la gaule, se fatiguer, se tester, tu m'aimes jusqu'à quand jusqu'à quel point; tu penses qu'on peut arrêter les dimanches de descente à se torpiller la gueule pour une connerie, à monter dans les tours parce qu'on s'ennuie, parce qu'on cherche la castagne, parce qu'on est trop nerveux, trop exténués, parce que nos mâchoires ont grincé toute la nuit; tu te sens assez fort pour défaire ces grillages qui longent nos émotions?

Pour ressusciter notre amour il faudrait lui faire respirer un air plus frais, marcher dans les rues, prendre un avion, retourner à Athènes seuls au monde dans la maison tout en étages de Dora, boire du vin blanc glacé sur la terrasse, couper des arbres en Auvergne jusqu'à l'épuisement ou trouver une crique et baiser face à la mer en plein soleil, se lire des livres à voix haute enfoncés dans les herbes plus grandes que nous, dormir sous le pollen, filmer ce qui est beau tout autour de nos visages, juste ça. Il nous faudrait un vent sarde, une euphorie des retrouvailles et des plis chauds dans nos cous.

Je n'y crois pas, car aujourd'hui ce n'est pas toi qui manques, c'est pas ta peau, tes mots ou ta queue, c'est nous. Et mon problème, c'est que je ne te pardonnerai jamais le mal que je t'ai fait, la honte, l'humiliation, la perfidie, la trahison et le mensonge. Je n'ai pas fait grand cas de toi. Je porte encore ce regret en blason alors que je recouvre la mémoire dans cet hôpital, et je me demande comment je vais pouvoir te regarder à présent que tout m'est remonté, à présent que je sais à nouveau, que je sais que tu sais et que je suis un peu plus celui d'avant l'accident. Le dur et le désœuvré.

Maxime revient chercher le plateau auquel je n'ai pas touché. On y trouve, intacts : jambon gris, macédoine moche, purée papier mâché, yaourt en carton, fruit mort. Le tout sous film et dans des compartiments beiges qui me dégoûtent.

Finalement je ne vais pas me confier à lui, je n'ai pas envie de lui parler de tout cela et encore moins de forces pour faire comme si tout allait bien.

Je vais faire semblant, comme avec tout le monde.

Et puis je vais fuir. Encore.

En attendant ce moment, je vais fumer dehors. Enfin dehors, pour nous, ça reste quand même dans l'enceinte de l'hôpital. C'est là que des architectes géniaux ont aménagé des zones franches, des espaces entre deux mondes vastes comme des prairies vides, des parkings pour nos corps zombies, des déserts pour nos douleurs de vieillards précoces. Les types qui ont dessiné les plans n'ont sans doute jamais mis les pieds dans un hôpital. Il leur restait des parallélépipèdes inutiles entre deux bâtiments. « Tiens, on va appeler ça Espaces De Vie. » Pourquoi pas ? Le pire, c'est que ça marche, puisqu'on s'y rassemble. La plupart des patients descendent plutôt pour tromper l'ennui que pour griller leur tabac. Et parce qu'on est très seul dans un lit métallique.

Une fois en bas, hors des chambres, le contact est rapide, les échanges sont furtifs au début, plus chaleureux ensuite. On s'offre des cigarettes, on se prête un briquet, on parle vite de ce qui nous enferme ici, chacun sa douleur, on ne se reverra jamais.

C'est encore autre chose la nuit. L'intensité entre les hommes est pesante, tout déplacement est électrique, le désespoir plus criant. Mais on finit par baisser la garde. Le halo bleu d'un gyrophare qui entre aux urgences sort de temps en temps les visages de notre obscurité clandestine, de notre fraternité nocturne. Je frissonne toujours quand j'entends ce son, je me dis que la vie de quelqu'un est en jeu, qu'une personne est peut-être en train de mourir entre deux visages de brancardiers inconnus d'elle. Comme moi il y a quelques jours, après ma chute sur le bitume. Chacun son tour. Bienvenue.

La nuit, ici, on est loin de tout. Ne nous parviennent que la rumeur des hommes et le bord des choses. Le bruissement des foyers nous est désormais interdit, le chatoiement des dîners et des draps frais a été confisqué. Même le bonne nuit murmuré mécaniquement sur l'oreiller, même le piéton anonyme avalé par le métro, tout me semble désormais un summum de volupté, une galaxie disparue dont le goût quitte un peu plus mes lèvres à chaque cachet avalé, à chaque piqûre. L'extérieur est un Éden, nous sommes dans les limbes et nous tournons en rond en attendant de sortir, en attendant d'y revenir.

Nous sommes de l'autre côté des grillages, cernés par le peuple qui rêve librement et se lève le matin, encerclés par la ville qui ne connaît pas sa chance, celle de la bonne santé et des corps souples.

C'est là que j'ai rencontré Marco.

Il ne m'a pas dit dès le début pourquoi il était là. C'est un type pudique aux airs brusques et peu amènes qui fume énormément. Je le trouve à chaque fois que je descends, la clope fichée entre ses lèvres charnues et vives. Il est toujours au même endroit, adossé à un mur à l'écart. Il n'est pas là pour faire salon. Pourtant c'est lui qui est venu vers moi.

C'était le jour où la mémoire m'est revenue et je n'en menais pas large. J'étais en colère contre Roman, mais j'avais surtout peur. Je ne savais pas quoi faire de cette énigme, de cette histoire de dupes. La nuit tombait avec une vitesse affolante sur la ville. Ça sentait la tristesse. J'ai décidé de descendre fumer un des plus gros joints de ma vie, de l'herbe pure roulée par Roman. En trois taffes j'étais défoncé et encore plus triste ; c'est là que le type s'est approché. Je n'avais même pas remarqué que j'avais les yeux rivés sur lui.

« Marco », il a dit en levant le menton vers moi.

Le fossé entre ce prénom et son air renfrogné était si énorme que je n'ai même pas compris qu'il était en train de se présenter. Je me suis retourné comme s'il s'était adressé à un malade derrière moi. Je me suis senti bête.

« C'est à toi que je parle. T'es pas invisible, que je sache ? T'as du feu ? »

Ellia

Si ça m'avait intéressée, si j'avais pu faire les études, je crois que j'aurais pu être chirurgienne. Ce que je veux dire, c'est que je n'ai pas peur du sang, des chairs, des coupures, ni des fractures ouvertes. Si je suis devenue aide-soignante, c'est parce que ma place est auprès d'eux au quotidien, c'est ce que je fais de mieux. Après une opération à cœur ouvert, une greffe du rein ou une mastectomie, même si on vient de sauver une vie, on retire ses gants et on enchaîne. Moi, je ne pourrais pas me contenter de ce tête-à-tête sur le billard, encadré par deux visites en chambre pour briefer et débriefer, comme ils disent maintenant. Il faut que je touche leur peau, que je les regarde dans les yeux, que je les bichonne. Il faut qu'on se parle surtout. Bien sûr que les anesthésistes sont la clé de voûte de l'opération, mais la résurrection, c'est entre mes mains qu'elle a lieu.

Quand j'ai débuté, la mort des patients me faisait plus peur que tout. J'avais peur, je crois, de me sentir coupable de quelque chose. J'étais à un âge aussi où je pensais encore qu'il y avait une forme de justice dans nos existences. Jusqu'à Mme Dufeux.

Sylvie Dufeux est arrivée dans mon service un après-midi d'août, au début d'une canicule dont les plus anciens se souviennent ici avec précision, comme si la chaleur de ces deux mois s'était inscrite dans nos peaux jusqu'à aujourd'hui. Tout était ralenti, le bâtiment dans lequel je travaillais n'avait pas l'air conditionné, à l'époque, ce n'était pas obligatoire. On ne se plaignait qu'une fois en salle de repos, agitant nos éventails les unes vers les autres à tour de rôle, vidant de grands thermos de thé glacé à la menthe que nous préparions la veille dans nos cuisines. Les longs couloirs pleins d'odeurs plus violentes encore que d'habitude. J'avais quelque chose comme vingt-cinq ou vingt-six ans, j'étais beaucoup plus mince et plus légère, j'allais de chambre en chambre en trottinant, heureuse malgré l'écrasement de l'été. Je ne butinais pas, au contraire. Je m'arrêtais dans chaque chambre et restais plusieurs minutes une fois les soins effectués. Je trouvais toujours un prétexte. Un peu de météo, des nouvelles de la famille ou des amis visiteurs quand c'était le cas, un drap à changer ou un coup de peigne à donner. La gériatrie est un jardin d'enfants malades où l'on apprend beaucoup quand on débute. On dit que les vieux passent leur temps à se plaindre. Ben voyons. C'est si facile de n'entendre que la surface de leurs longues phrases. En réalité, ils ne parlent que des petits maux, de ce qui ne va plus comme avant, de l'usure de la machine. Quoi de plus normal que cette stupéfaction face à la traîtrise du corps. Ils peuvent y passer des heures ; cet horizon morbide devient leur obsession. Mais je peux vous dire que ce sont les plus durs au mal.

Peut-être parce qu'ils en ont vu d'autres. En tout cas, ce ne sont pas les pires à soigner. Ils ont juste besoin d'écoute et surtout de temps.

C'est comme ça que je me suis attachée à Mme Dufeux. Elle avait de gros problèmes de hanches, une mauvaise circulation et elle ne pouvait plus se déplacer comme elle le voulait. Assez rapidement, elle s'est rendu compte qu'elle était condamnée à l'immobilité. Elle venait d'un milieu où on ne pleure pas, où on ne dit pas grand-chose de soi parce qu'il y a d'autres sujets plus importants que son trou du cul. Elle avait son franc-parler et j'aimais ça. Elle m'a appris des jeux de cartes, je venais la voir pendant mes pauses, et même en dehors de mes heures.

« C'est un service que je vous rends, ma p'tite Ellia, si vous savez jouer aux cartes, vous ne serez jamais seule. C'est une bonne entrée en matière pour vous trouver un fiancé. C'est comme ça que mon mari et moi, on a commencé à se fréquenter. Je serai sans doute plus là, mais j'espère bien que vous penserez à dire merci devant monsieur le curé.

— Qui vous dit que je me marierai à l'église, madame Dufeux ? »

Ça l'amusait que je la titille sur des sujets sensibles pour ceux de sa génération. Elle faisait semblant d'être choquée, mais se mordait la joue pour ne pas sourire, je voyais bien qu'elle bichait. Elle me parlait de son fils, qui venait la voir, de l'enfant qu'il avait été, de son adolescence tumultueuse et de sa vie d'adulte plate comme la Beauce. J'apprenais beaucoup de choses sur lui sans qu'il s'en doute une seule seconde. On s'infiltre souvent dans la vie des patients et de leur entourage, on se retrouve au cœur des histoires de famille qui sont comme des romans, un feuilleton interrompu et repris à chaque visite. Elle évoquait plus rarement sa fille, qui était partie s'installer en Amérique pour suivre un garçon, un drôle de loustic avec des cheveux blonds bouclés et un yacht. « Je l'ai plus jamais revue. Vous lui ressemblez un peu quand vous riez, Ellia. » Je détournais alors la tête et trouvais vite un sujet de conversation en béton. Je lui avais confié assez vite que je venais de perdre ma grand-mère et elle avait su trouver sa place dans ce vide.

Un matin d'octobre, un matin tiède d'arrière-saison enfin délesté de la pesanteur des mois précédents, j'ai pris mon service de matin. Je suis passée me faire un café en salle de repos, les filles de nuit étaient déjà parties et je me suis assise seule dans le silence de l'aquarium, sur un des tabourets recouverts d'un similicuir craquelé. Je ne me suis pas hâtée pour voir Mme Dufeux, je retardais le moment de la retrouver. J'avais fait un rêve dans lequel elle apparaissait assise dans le canapé orange dans lequel j'avais tant de fois vu ma grand-mère quand je débarquais chez elle après l'école, les mains occupées au tricot, le sourire aux lèvres.

Après les trois premières chambres, je suis entrée dans la 24. Le lit était vide. Toutes mes émotions sont passées de mon cerveau à mon cœur, de mon cœur à ma bouche, mais j'ai retenu mon cri. Un cri de quoi, d'ailleurs ? À quoi ai-je droit dans un cas pareil ? De la colère, du chagrin, de la honte, de la délivrance ? Mais si je n'ai rien dit, c'est surtout parce qu'il n'y avait personne pour m'entendre.

On reconnaît d'instinct une chambre dont le patient vient de mourir. Elle est trop nette, trop nettoyée. Elle est pour le suivant.

J'ai guetté l'arrivée du fils de Mme Dufeux, qui avait été prévenu par téléphone, et je me suis senti soulagée de ne pas être sa cassandre. Il a marché droit sur moi avec un sourire triste. Dans son regard lorsqu'il m'a serré la main, j'ai eu l'impression que c'était moi qui recevais des condoléances. Nous avons échangé pendant quelques minutes, des phrases d'usage et des questions logistiques. Je sentais monter en moi le chagrin et je ne voulais pas pleurer devant lui, pas dans la chambre, pas au travail. J'ai abrégé notre conversation avec douceur.

« Je sais que ma mère parlait beaucoup avec vous. Je ne lui ai jamais connu d'amie, vous savez. Je pense que vous êtes la première. »

J'ai mordu mes joues.

« J'aimerais bien vous voir pour parler d'elle. Un dîner ou un verre, comme vous voudrez. »

Depuis ce jour, je ne crains plus la mort des patients. J'ai passé une soirée avec le fils de Mme Dufeux, nous avons veillé tard et j'ai compris en rentrant chez moi à pied, en traversant la ville aux trottoirs enfin mouillés d'une fine pluie, que lorsqu'un patient mourait j'avais le droit d'être triste. Ça ne dure pas, les autres arrivent, les lits se remplissent, les visages changent et se succèdent, mais j'ai le droit d'accuser le coup. Un soir ou deux.

Je sais que ce n'est pas comparable et qu'il est loin d'être en danger de mort, mais je ne veux pas que le petit sombre. Ses forces vives se sont éloignées, il n'est plus maître de ce qu'il pense, de ce qu'il dit. Je n'ose pas reparler de cette inquiétude à Maly, elle m'engueulerait, c'est sûr. Pourtant c'est plus fort que moi, je me fais du souci. Il a perdu l'éclat qu'il avait en arrivant, sa petite arrogance et son humour cynique. On dirait qu'il a baissé les bras. Il a passé trop de temps avec nous.

Roman

Quand il m'a quitté, je suis allé enterrer notre histoire d'amour dans un musée.

Tout au bout d'un couloir, dans la dernière salle, pour être sûr que personne ne la trouve. C'est en accès libre, il suffit de tirer une porte en verre lourde comme celle d'un laboratoire de chimie et vous pénétrez dans le sanctuaire. Certains osent, d'autres pensent que l'endroit est réservé au personnel. L'air y est pesant et ouaté, les parois sont de bois brut aux éclisses blessantes, des tuyaux de métal mat courent au plafond. Quatre containers en bois forment une croix immense posée au sol, dans laquelle on entre à pas feutrés avant de comprendre qu'on est au cœur d'un transept, piégé dans la boîte. À cette intersection précisément, sous nos semelles, une grille éclairée par une ampoule orange. Personne ne sait que notre amour repose en ces lieux et notre lamentable petite fin ne figure sur aucun cartel. Rien pour recenser ce vide.

La première fois que j'ai mis les pieds dans cet endroit, sa mère venait de mourir et notre amour ne valait pas beaucoup mieux. Nous nous sommes traînés dans cette ancienne gare devenue musée à la mode pour voir les deux expositions en cours. Viens, j'adore cet artiste, tu vas voir, ses néons, ses lumières, on est nulle part, il fait flotter, on se dédouble. Après avoir pris le temps de faire toutes les salles, nous avions découvert cette aile récente, ce prolongement du bâtiment déguisé en couloir de métro. Et au bout il y a eu ça, les corridors en bois, la lumière orangée comme une veilleuse pour enfant, l'odeur du bois et la montée de nos chagrins, de nos peines rassemblées, divisées, semblables et pourtant si loin l'une de l'autre.

Inconciliables jusque dans la tristesse. J'aurais dû sentir le coup venir.

La dernière fois qu'on a fait l'amour, c'était quand ? J'ai oublié parce que c'était une fois comme les autres et que je ne savais pas qu'on se quitterait si brusquement. J'ai oublié parce que je ne savais pas que c'était notre ultime nuit. Ou peut-être était-ce de jour. Est-ce que c'était bien ? Est-ce qu'on avait mis de la musique ?

Comme j'ai oublié la dernière fois où je l'ai vu en bonne santé et debout. Quels vêtements portait-il ? Ses lacets étaient-ils noués, ses chaussures luisaient-elles de cirage sous un ciel d'été ou allait-il pieds nus sur des roches beiges et douces, en quelle saison était-ce ? On ne sait jamais si la maladie habite déjà un corps, la souffrance n'altère pas les traits quand elle est en veille. Son mal couvait-il déjà pendant nos vacances, nos nuits et nos batailles ? Je n'ai pas voulu y penser et le voilà allongé dans une chambre simple.

Il m'emmerde avec son hosto, je n'avais pas du tout prévu ça. On s'était dit qu'on traçait nos routes, on avait établi un contrat, je lui avais dit au dessert Alors voilà ce que je te propose : cessons de nous voir et de remuer ce qui pourrait être mais qui n'est pas, si nous nous rencontrons, soyons cordiaux mais pas plus, ne me dis pas combien je te manque ou combien tu penses à moi, car c'est à chaque fois un nouveau coup de poignard en plein cœur, même chose de mon côté et évitons les contacts physiques. C'était clair, net, chirurgical et *safe*. Risque proche du zéro.

J'ai gardé l'appartement et très peu de meubles, posant mes livres en piles sinueuses à même le plancher, alignant trois coussins pour m'effondrer et regarder les lentilles lumineuses du soleil sur le plafond craquelé. Je ne savais pas quoi faire de son fantôme, je me demandais où il était, chez qui il dormait. Il y avait encore son parfum dans la salle de bains et le lac creusé par sa tête sur le coussin olive que j'avais gardé lors du partage des biens. Je me demandais où il traînait ses cils et son arrogance, quelle partie de la planète il avait choisie pour essayer de nous oublier. Ce pouvait être partout, tout était imaginable.

Nous avons échoué à nous quitter bien sûr, nous nous sommes écrit des messages dangereux, nous nous sommes revus, étreints à nouveau. Il s'est pointé sous une pluie de déluge en mai, devant ma porte cochère mal fréquentée, ivre d'avoir dansé chez ses amis. « Ne reste pas là, tu vas prendre froid, tu fais quoi, où vas-tu, tu attends quoi ? allez, entre. » La joie de nous revoir n'a pas suffi, il a fallu que nous fassions l'amour comme jamais, ça n'était pas arrivé depuis longtemps. Le sale venin de sa peau contre la mienne et la douceur de ses mains fourrées dans mes paumes. Les retrouvailles des anciens amants, c'est ce qu'il y a de mieux au monde et ce sont les pires gueules de bois. Tout ça pour quoi ?

Résultat, je suis là chez moi à couper les tomates en dés, à faire revenir les oignons rouges, à peler les avocats, à couper la burrata et à ouvrir la mangue, à ajouter la sauce que tu adores avec un peu de miel, je suis là tout seul et je prépare encore le dîner pour deux.

J'ai pris du recul mais ça ne sert à rien parce que tu occupes tout mon horizon.

Pendant ce temps, tu crois qu'on est encore ensemble et tu dors sous morphine. La chance.

Si ça se trouve, tu as fait exprès de chuter.

Marco

J'ai arrêté de compter mes séjours ici vers la sixième fois.

Je connaissais par cœur les étapes. Je ne peux même pas dire qu'on les franchit car tout se passe en fin de compte malgré soi. Pas le droit d'affronter ça de notre plein gré, on est direct face au mal, avec nos tripes et notre courage qui se ratatine au moindre diagnostic comme une bite dans l'Atlantique glacé. On est à la merci de ceux qui savent et qui agissent. On ne fait plus partie du contingent des vivants. Examens, symptômes, verdict, opérations, traitement et comptes rendus ; tout se joue, se déroule, inexorable et répétitif.

Je sais trop comment ça se passe, je connais mon mal à moi comme un vieux chien. Je sens les premiers tiraillements d'un côté, de l'autre, ou des deux. Je bois des litres d'eau, je gobe des Spasfon, si ça ne passe pas je freine l'hydratation, quand les petits coups de couteau apparaissent dans le dos, autour des reins, quand la ceinture abdominale se tend toute seule pour amortir la douleur, je passe au Dafalgan codéine ou au Bi-Profenid s'il m'en reste dans la salle de bains, si j'en ai dans mon sac, dans ma poche. Parce que ça surgit quand ça veut et ça monte à une vitesse dingue. On se fait toujours avoir, même après une vingtaine d'années, on a du mal à s'habituer. Parce qu'on n'a pas envie de s'habituer, de se dire qu'on vit avec ça et qu'on l'aura toujours en soi. Parce qu'on préfère oublier d'une fois sur l'autre et se croire guéri et invincible. C'est oublier que le corps fait bien ce qu'il veut. Qu'il cristallise sans nous.

Ça m'a pris vers dix-sept ans la première fois. La douleur est si fulgurante et nouvelle qu'on se demande ce qui se passe et quand ça va s'arrêter. Le flanc est transpercé. Le corps terrassé. On s'agite, on gigote, on traque une position qui apaise les coups de baïonnette dans la chair, mais rien n'y fait. Plus rien n'existe que ce point sur lequel le pic s'acharne. Même le cerveau lâche l'affaire, incapable de suivre. L'idéal serait de s'évanouir pour de bon, mais on reste à cheval au bord de l'inconscience, bien installé sur son agonie. On est prêt à tout pour faire taire ce démon. L'ordre correct, c'est: SOS Médecins, injection de morphine, urgences. Vous avez des lithiases rénales, on va devoir vous opérer, enfin dans un premier temps on va vous poser une sonde entre le rein et la vessie pour détendre l'uretère, oui anesthésie générale, oui, et on la laisse deux-trois jours pour essayer d'évacuer naturellement le plus de calculs possible, voire la totalité, éviter les gros blocages avant l'opération, et si ça ne marche pas on ira les chercher, c'est là qu'on vous opère, on nettoie tout ça, bien propre, on laisse une nouvelle sonde à l'intérieur pour que tout s'évacue bien pendant quelques jours et on vous l'enlève après, ah non, sans anesthésie, oui, par la verge, bien sûr. Ah, et juste après l'opération – s'il y a une opération – on vous laisse une sonde urinaire pendant, hum, vingt-quatre heures environ. Comment ça pour faire pipi ? ah ben ça atterrit dans une poche en plastique, le sang, les urines, les restes de l'opération, oh ça dure pas longtemps et vous resterez au lit, croyez-moi. Oui, ça aussi on l'enlève directement par la verge, une bonne inspiration et hop, c'est fini !

Du verre pilé. Avec du sable et des orties et du Tabasco et de l'acide. Voilà ce que c'est. Et c'est un inconnu en blouse blanche qui vous retire ça.

Au début, j'obéissais. Jusqu'à ce jour où mon chirurgien attitré était absent, ou trop occupé. Un ponte. C'est son interne qui m'a opéré. Avec sa tête de blondinet à avoir sa loge VIP à Roland-Garros, il m'a bien charcuté. Jamais j'ai eu mal comme ça. Je croyais avoir tout vu et connaître le parcours fléché, mais là j'ai touché des sommets, rien ne me calmait. L'opération était terminée depuis deux jours que je réclamais encore des antidouleurs non-stop. J'ai fini par n'attendre qu'une seule chose : qu'on vire la sonde et me laisse déambuler. Quitte à supporter les lacérations de la douleur des reins au bout de la queue, jusque dans la tête, jusqu'à l'envie de vomir, il fallait que je sorte de la chambre. Marcher me tenait en vie et me donnait l'illusion d'être libre, je tournais en rond après chaque opération, mes longues marches dans les couloirs ou sur les grands toits plats ne me suffisaient plus. Il me fallait autre chose. Alors je me suis dirigé vers la chapelle.

On ne peut pas dire que je sois un grand fan des lieux sacrés, bien au contraire. J'ai jamais gobé les conneries de l'Église ni les paroles des Évangiles. Mais il me fallait un endroit calme, silencieux et vide. Et puis, ça faisait longtemps que je voulais voir ce qu'il y avait à l'intérieur, ce qui prenait tant de place sur la mappemonde du centre hospitalier et dans la tête des gens. Il fallait bien que ce soit important pour être aussi visible. Comme prévu, après avoir poussé la lourde porte en bois, j'ai rencontré une obscurité à laquelle mes yeux ont mis presque une minute à s'adapter, et cette odeur de cire, d'encens et de gisants poussiéreux. Après un rapide tour à l'intérieur de la chapelle, j'ai constaté que rien ne la distinguait d'une autre. Peut-être quelques ex-voto sordides en prime. Je commençais déjà à m'énerver quand, tout au fond sur la droite, j'ai aperçu l'entrée de la sacristie.

À l'intérieur, tout croulait sous la sainteté : les chapelets de pierre grise, larges comme des ailes de rapace clouées aux murs, les images pieuses et leurs prières bilingues le long de la plinthe en un long chemin de croix, les médailles d'argent, les statuettes de sainte Rita et l'agneau en plâtre dans les bras de l'immense saint Christophe en taille réelle au fond. J'ai croisé mon visage dans un petit miroir encadré de latin et de croix, j'étais plus pâle que toutes les statues de plâtre alentour, mais j'étais vivant. J'ai compris qu'une sacristie n'était pas un endroit pour guérir mais au contraire un sanctuaire de mort, une dernière halte pour les condamnés sans espoir, et moi je ne suis pas condamné, pas à mourir de maladie en tout cas. Au pire je suis condamné aux séjours chroniques, aux traitements à répétition et aux rendez-vous de suivi. C'est pas la fin du monde et je n'ai pas besoin de Dieu.

Ce qui angoisse, ce qui oppresse, ce qui donne envie de chialer ou de défoncer un mur, c'est pas la certitude qu'on ne va jamais sortir de l'hôpital et y mourir, c'est qu'on va devoir y revenir.

Le Patient

J'ai planqué mon pyjama jetable derrière la chasse d'eau et j'ai enfilé mes vêtements. Le col de ma chemise était taché d'un sang brun qui m'est apparu comme le seul témoin de l'accident. Même le sang versé à ce moment m'a semblé étranger, séché, préhistorique, hors de moi il n'était plus rien. J'avais été jusque-là un patient exemplaire, un soigné docile et obéissant. Oui, je comprends, d'accord, je vais faire ce que vous dites, je termine mon assiette, je prends mes cachets, je tends mon bras, je me mets en slip et je bloque ma respiration dans le caisson. J'ai moi aussi appris ma partition, reprenant le rôle de celui qui occupait mon lit avant, j'ai rejoint la grande farce des soins, la tragédie de la maladie, comptez sur moi.

Hors de ma chambre, loin de mon étage, je fais maintenant partie de la foule anonyme. Ici, sans Maxime, Ellia ni les autres, chaque soignant s'imagine que je suis à la charge d'un autre. Je mens à tous par omission et sans ouvrir la bouche, un peu plus invisible à chaque pas.

Un couloir désert qui sent la purée de pois annonce la fin du bâtiment Violet dans lequel je croupis depuis le début. J'entre en zone libre, tout semble plus lumineux et je cherche du regard des panneaux et des flèches. Je compose un air neutre, déterminé et invincible. Je dois avoir l'air sûr de moi alors que j'avance à l'aveuglette en pays étranger dans un labyrinthe aux détours vicieux. Je préfère les escaliers aux ascenseurs, je regarde les gens dans les yeux, je n'ai pas peur du bruit de mes pas. Des blouses blanches surgissent autour de moi, traversent les couloirs en un éclair, les portes claquent sur leur passage, des bouffées de javel et de muguet chimique se mêlent dans l'air confiné. Quel temps fait-il dehors ?

Quand je vois que l'accueil est enfin indiqué, je sens mon échine frémir, mes mains trembler, mes jambes mollir, mon cerveau résonner. Non, je ne vais pas refaire une crise ici, pas maintenant, si près du but. Un vieux monsieur me regarde d'un air mauvais, appuyé sur une canne, les cheveux hirsutes et l'œil vitreux, il s'approche et me questionne : qu'est-ce qu'il fait là, il n'a rien demandé et sa femme doit venir le chercher depuis Noël, c'est quand même incroyable qu'on ne la laisse pas entrer, on cherche à l'enfermer et à le faire disparaître, tous de mèche avec le gouvernement, un coup à finir au goulag. Il va me faire repérer, je n'ai pas de temps à perdre, je dois tenir mon nouveau rôle. Mes semelles ont dû fondre dans quelque couloir trop chauffé ou longer des rayons X invisibles et puissants : elles pèsent des tonnes et se mêlent au lino du sol. Le lino roi des hôpitaux sur lequel crissent les pas lourds des malades, les pas inquiets des visiteurs, les pas pressés des soignants.

J'avise le bureau des enregistrements de sortie puis le contourne au dernier moment, avec une fluidité animale. Ne pas accrocher de regard, sourire malgré la douleur qui raidit ma nuque, me diriger sans hâte vers la porte-tambour donnant sur la rue. Vingt mètres comme un kilomètre. Les tremblements encore. Personne ne vient réclamer mon bon de sortie. Aucun bip ne retentit, strident, pour me désigner comme fuyard.

Je sors. Je suis sorti. Je suis dehors.

Pieds sur l'asphalte, j'inspire à m'en faire exploser les poumons. Je tends les bras en croix et je souris face au ciel bleu qui tourne, vrille, spirale, s'entortille, face au ciel pourpre qui s'emplit d'étoiles et d'éclairs, je souris sous le ciel noir.

Ellia

Le début de semaine a été chargé. On n'arrête pas de faire des admissions, ils nous envoient des cas lourds depuis quelque temps. Est-ce que les cerveaux humains sont devenus plus fragiles ? En tout cas, je n'ai pas une minute à moi avec toutes ces chambres qui se remplissent de jour en jour. J'enchaîne.

Le petit de la 14 va de moins en moins bien et je ne sais pas quoi faire. C'est la première fois qu'un patient m'échappe, que ses pensées et ses émotions empruntent un chemin différent des modèles que je connais. Ça me frustre.

Habituellement, c'est assez simple à décoder et à rectifier si besoin. L'empathie suffit à éclaircir à peu près tous les types de comportements, même les plus inattendus, même les paroles les plus fantasques, les sautes d'humeur et les exigences saugrenues. Mon petit protocole est bien au point. J'établis un premier contact enjoué, sûr de sa gaieté, un entrain à toute épreuve, je mise sur la propagation de la bonne humeur et de la légèreté, et c'est efficace à 99 %. La première impression compte car elle reste, ça tient tout le long de leur séjour chez nous. Ils nous associent ensuite à ce que nous leur donnons les toutes premières minutes de notre rencontre. Il ne faut pas se louper. Surtout en neurologie : ils arrivent avec le cerveau en vrac, entourés de visages étrangers, de blouses blanches interchangeables, sans repère ni chaleur, au milieu d'un nouvel habitat inconnu. Ils arrivent en milieu hostile. Peu importe s'ils me prennent pour une fofolle qui n'a pas grand-chose à dire et qui éclate trop souvent de son gros rire, je ne suis pas là pour qu'on pense du bien de moi, tout ce que je veux, c'est qu'ils oublient la maladie et la lourdeur de leur condition. Je veux bien faire le clown si ça les sauve de leurs propres ténèbres. Ce qui leur fait peur, c'est tout simplement la mort. Ou l'idée de la mort. Ils prennent conscience de manière fulgurante de la fragilité de leur corps qu'ils croyaient tout-puissant. Ils n'ont pas le choix. Ça peut se comprendre quand on devient à ce point dépendant des autres, mis à nu, à la merci de nos décisions professionnelles. Pendant leur séjour parmi nous, leur corps nous appartient, leur alimentation aussi, leurs vêtements, leur toilette et leurs déplacements, leur temps et leur espace. Ils ne décident plus de rien. Ils redeviennent enfants. Certains s'en accommodent avec plaisir, ils y prennent goût, d'autres ne le supportent pas et débordent d'une rage sourde, visible à l'œil nu.

Mais lui, c'est différent. Après un premier mouvement de méfiance à son arrivée, il s'en est ensuite totalement remis à nous, s'est abandonné entre nos mains. Depuis quelques jours, c'est encore autre chose. On dirait qu'il a choisi de se recouvrir de poussière ou d'un rideau d'une pluie très fine pour disparaître totalement. Je n'arrive pas à identifier ce qu'il désire, ce qui lui manque, ce qui pourrait l'apaiser. On dirait que son accident a ouvert une faille que rien ne peut ressouder, un gouffre que personne ne peut combler. Ou plutôt que sa chute a réveillé une part de lui qu'il était parvenu à enfouir, des démons oubliés sous la vase d'un marais qui ressurgissent face au choc de l'accident. Ou est-ce la peur de la mort ? Au début, les visites de son petit copain le métamorphosaient, il reprenait en sa présence les couleurs de la joie, une vivacité insoupçonnable, un frétillement propre à l'amour et aux retrouvailles. Ça faisait plaisir à voir et c'est pour ça que Maxime et moi avons autorisé son Roman à dormir sur un petit matelas les deux premières nuits. Ça valait tous les médicaments du monde et ça faisait du bien aux deux. C'était plus qu'une bonne action, c'était une manière de guérir. Mais depuis deux jours, ça n'a plus du tout le même effet. On dirait même que c'est l'inverse. Quand Roman quitte la chambre, l'autre s'effondre et se referme dans un même mouvement, il ternit et se recroqueville dans des endroits hors d'atteinte, le visage fermé et le corps pétrifié. Je le sens quand je prends sa tension et que j'écoute son cœur. Même sa température fait les montagnes russes. Comme s'il était détraqué. Impossible de savoir ce qu'ils se disent quand ils se voient, je n'écoute pas aux portes, mais quand je passe les saluer rapidement, je n'ai pas constaté de changement, pas d'éclat de voix ni de silence hostile. Ils sont toujours les mêmes en apparence.

Depuis cette histoire de fugue, je le surveille de plus près, je guette les signes de l'ennui.

Je lui ai dit ce que j'en pensais, de sa fugue : « Vous avez eu de la chance, c'était un petit malaise vagal, mais vous imaginez, une vraie crise ? Ce sont celles qu'on redoute le plus, celles qui viennent juste après, elles sont pires et elles font de gros dégâts. On sait ce qu'on fait ici. Tendez le bras et serrez le poing. Qu'est-ce que vous croyez ? Que c'est comme une rhino-pharyngite, un ongle incarné ? C'est bien peu de respect pour nous, en plus. Avec tout le mal que je me donne. Et je ne parle même pas de la chute que vous auriez pu faire sur le trottoir, parce que, mettez-vous bien ça en tête, c'est rien du tout, votre épilepsie, pardon mais vous êtes un petit joueur par rapport à certains, le vrai danger c'est quand vous chutez en pleine inconscience, c'est tomber de votre hauteur et vous faire un traumatisme crânien, vous casser le nez, le front ou le menton sur le trottoir, ou même pire, y en a, rien qu'avec une mauvaise chute, ils passent même pas par ici, leur cas est réglé, vous pouvez la remercier, cette dame, bon je m'énerve, excusez-moi, je préfère partir, je reviendrai pour les soins plus tard. »

La nuit après sa tentative d'évasion, pendant ma ronde, j'ai passé la tête dans sa chambre pour voir s'il allait bien, s'il n'était pas trop agité ou quoi que ce soit. Il était assis dans son lit, adossé contre deux oreillers placés dans le sens de la hauteur, le visage éclairé par le brouillard de lumière du lampadaire extérieur, les mains posées sur les cuisses, les doigts croisés et détendus, les cheveux peignés encore luisants d'eau, le pyjama négligemment ouvert sur sa poitrine pâle et creuse. Je ne sais pas depuis combien de temps il était là, fixant le mur blanc en face de lui, immobile et silencieux comme une statue d'église, mais j'ai vu dans ses yeux quelque chose qui m'a fait peur. Il semblait regarder par-delà la couche de peinture et le ciment, par-delà les chambres voisines et les enceintes de l'hôpital, son regard n'était pas perdu comme c'est le cas lorsqu'on s'abandonne à la pensée, à la rêverie ou à la contemplation intérieure. Au contraire, son regard perçait tout ce qu'il rencontrait pour atteindre un point précis et inaccessible. Il y avait quelque chose de cruel dans ce regard.

Marco

C'est pas pour parler comme un taulard, mais en trente ans d'hosto j'avais jamais vu ça. Le petit a essayé de s'enfuir.

Des vieux, des déments, des mabouls qui devraient être à l'hospice, ça oui. On en trouve dans tous les couloirs, errants comme des âmes damnées, en guenilles et en larmes, ils sont en boucle sur un cauchemar et réclament de quitter leur vie de vampire. De temps en temps, ils atteignent l'accueil mais ils veulent faire les choses en règle, c'est plus fort qu'eux, ils pensent que c'est normal, que leur fin de séjour est programmée et autorisée alors ils passent par le bureau des admissions et sorties. C'est là qu'ils se font avoir. Derrière son Plexiglas, sérieux comme un pape, le type de garde à l'accueil écoute le malheureux sénile comme si tout cela était tout à fait normal et, comme un guichetier de banque qui se fait braquer, il compose d'un doigt les deux chiffres prévus sur un téléphone. Les collègues débarquent en cinq minutes. Gentiment agacés, ils ramènent le fugueur hébété retrouver l'odeur de soupe de sa chambre. Dommage.

Alors que le petit, tout simplement, il est sorti de sa chambre, il a longé les couloirs direction la sortie et le voilà dehors. Les plans les plus simples sont les meilleurs.

C'était compter sans son épilepsie évidemment. Il croyait pouvoir y échapper sans doute. Il se croyait plus fort que son mal. Ou il voulait rejoindre son menteur de copain.

Depuis cet épisode, il parle tout le temps de prison. Ça devient une obsession. Y a que ça qui compte. Il ne sait plus laisser ses pensées se poser, il a oublié comment fumer tranquillement en regardant les ambulances passer.

Pour lui changer les idées, je l'ai emmené dans un coin que je gardais pour moi jusque-là. C'est une terrasse ovale d'une dizaine de mètres carrés, suspendue tout en haut d'un bâtiment voisin du mien. Au plus proche, le regard tombe sur la ville-hôpital juste en dessous, ses rues labyrinthiques, ses barres d'immeubles et ses petits pavillons de brique rouge, les hangars étincelants, la bouche énorme des urgences qui avale et régurgite les véhicules à sirène, les taches de couleur du parcours fléché et la chapelle au bout, juste à côté de la morgue, qu'ils préfèrent appeler chambre mortuaire, amphithéâtre, funérarium ou chambre de repos. La belle affaire. Éparpillés sur ce tapis de jeu, des milliers de points vibrionnant, les visiteurs affolés et perdus, les quelques malades errant dans leurs limbes familiers, et surtout les fourmis en blouse blanche qui vont et viennent, les ouvrières qui sauvent nos vies et actionnent l'énorme machinerie du navire.

Plus loin, le regard embrasse la ville, la vraie, au-delà de nos murs, la ville où nous vivions et que l'on n'habite plus, qui ne nous connaît plus et nous a oubliés, la ville des bien-portants et des actifs, celle des Debout qui choisissent quand ils dorment, mangent et font l'amour, ceux qui se lavent eux-mêmes et changent leurs draps quand ils le souhaitent, ceux qui peuvent fumer dans leur salon et sortir prendre l'air sur un coup de tête.

J'ai remercié d'un clin d'œil l'infirmier qui me donne accès à la terrasse et j'ai assis le petit sur un des bancs. Il a refusé le joint que je venais de coller entre ses lèvres desséchées et ses yeux se sont perdus. Pas vers l'horizon, pas vers le ciel ni vers la ville ; ils se sont perdus au ras du sol, tombés sur le bitume.

« J'ai l'impression de n'être plus que ça, Marco. La maladie. Plus rien n'existe et ça me dégoûte. »

Je n'ai rien trouvé à lui répondre. C'était la première fois, il me clouait le bec et j'étais démuni, sans cartouches. J'ai préféré me taire plutôt que de lui sortir des inepties qui l'auraient achevé. Il faut connaître ses limites quand il s'agit de consoler. Il faut ensuite les accepter. Il valait mieux laisser le silence se déployer un peu, donner du temps aux émotions bloquées dans un coin, ne pas attendre les mots, ne pas les déloger alors qu'ils sont encore verts.

Ça ne lui suffisait pas. C'est là que je me suis décidé à lui montrer la Serre.

Ce que tout le monde désigne par la Serre est en fait un ensemble de bâtiments et de jardins. Pour être précis, il y a une grande serre et une petite au milieu d'un parc. Cachée derrière, adossée au mur d'enceinte, il y a l'ancienne maison du jardinier, que le personnel de l'hôpital appelle en gloussant la Cabane : c'est là que se tiennent les soirées des internes, interdites, secrètes, prétendument scandaleuses et décadentes. Il faut bien que jeunesse se passe et se fasse du bien.

Sur la droite, seule la petite serre abrite encore des plantes, des arbres, des essences rares. La grande est à l'abandon, comme son ancien jardin d'hiver, son lustre à pampilles qui dégouline au-dessus de la table centrale en marbre, les chaises longues en rotin et les fauteuils à bascule, le fouillis des meubles divers, des bureaux modernes au vernis écaillé, des tapis de sport et des tableaux en ardoise à l'ancienne, de tout ce que l'administration ne s'est pas résolue à jeter et a entassé là.

On accède à la petite serre par une porte latérale dont la serrure couine en toute saison. Ça pue la photosynthèse qui te dit que tu es tout juste toléré par le végétal. C'est comme si on faisait partie du lieu, comme si on était l'air qu'on respire. Les parfums et les odeurs se mélangent et on ne sait pas au début si c'est merveilleux ou écœurant, sans doute les deux. Sucré à en tomber à la renverse, un fruit à la peau veloutée et au cœur pourri. Plus loin, vers les fougères géantes et les palmes grasses, tout se corse et l'oxygène vient à manquer, on a l'impression de le voler aux plantes. Elles luisent et menacent, nous frôlent parmi les gargouillis, les clapotements, les mille écoulements d'eau, le déclenchement sec des brumisateurs qui déposent leur vapeur fraîche sur nos cous et nos avant-bras. Ça vit de partout : les volants minuscules qui entrent dans la bouche, les rampants qui s'affairent à digérer la terre, et tous ceux qu'on ne voit pas mais dont on devine l'activité besogneuse et silencieuse.

Mais l'endroit où je veux emmener le petit est plus loin. Caché. Pour quelqu'un qui a le goût du secret, il va être servi : c'est un jardin médicinal d'herbes aromatiques et condimentaires. Mon *hortus medicus*. Comme les moines d'autrefois, je préfère le nommer mon « jardin des simples ». J'en ai obtenu la charge il y a presque dix ans, bien avant d'avoir accès à la serre grâce à Maxime. À force de séjours prolongés dans cet enfer, j'ai développé un besoin maniaque de m'occuper les mains et d'apprendre. J'ai négocié ce morceau de terrain dont les plantations étaient négligées depuis la mort du vieux jardinier et j'ai restauré le jardin à l'identique. Aujourd'hui, c'est l'endroit que je préfère au monde, j'ai fini par connaître tous les noms modernes et latins inscrits sur les petits cartels noir et blanc, j'ai lu les cahiers centenaires dans lesquels des générations d'hommes avaient noté leur quotidien, leurs observations et leurs conseils, j'ai compulsé des manuels et des sites de botanique, j'ai voyagé pour visiter des exemples de jardins semblables et prestigieux, connus pour être entretenus à la perfection, dignes des plus grands monastères du Moyen Âge. J'ai donné un coup de jeune aux outils et j'en ai racheté deux ou trois, et je m'y suis mis. Je viens même quand je ne séjourne pas à l'hôpital. Ça arrange la direction, qui, du coup, me file quelques passe-droits comme l'accès à la terrasse, les clés de la Serre et d'autres autorisations qui en feraient renvoyer plus d'un.

Pour arriver dans cet enclos, je dois traverser un premier jardin d'ornement, fleuri et odorant et j'aime quand le chèvrefeuille m'accueille de ses bourrasques caramélisées et arrogantes, quand les faux lupins et les argousiers font profil bas sous l'exubérance de la glycine qui entortille ses tiges et ses effluves enjôleurs partout où elle le peut, j'aime longer les dahlias arborescents, aristocratiques et délicats, à l'opposé de leurs cousins vulgaires tout juste bons à fleurir les tombes. Je continue mon chemin bordé par l'angélique vraie et la corbeille-d'argent, la vigne vierge à fruits bleus sur sa treille, je me glisse sous l'arbre aux mouchoirs dont les fleurs blanches aux pétales comme des colombes éreintées me caressent les épaules, je baisse la tête sous l'amandier doux, je respire tout ça et je suis ailleurs. Je suis dehors.

Quand j'arrive, je m'accroupis tout au bord, à ras de la terre sèche et douce, d'un brun clair et sablonneux. Je plonge mon regard sur mes vieilles connaissances, les increvables thym, sauge et mélisse, resplendissants et bons élèves robustes comme la verveine. Je vérifie la rondeur des dômes mats de l'achillée millefeuille si chère à cette bonne vieille Hildegarde de Bingen, les bourgeons rondouillards du millepertuis éclatants comme du beurre frais, les braves trompettes mauves de la guimauve officinale et les soleils surgis des pétales blancs du myrte corse. Je suis le seul à venir les voir et à m'occuper d'elles, je prends mon temps à chaque fois et j'essaie de ne léser personne dans l'histoire. Même si l'armoise se débrouille plutôt bien sans moi, je m'assure quand même qu'elle ne se fait pas dévorer par un parasite. Je goûte la citronnelle et la menthe poivrée, je frotte mes mains à la lavande, je contemple la chicorée sauvage comme si elle allait me parler.

Ce lieu est fait pour ressusciter et j'en suis la preuve.

Maxime

Je les ai vus dans le jardin de Marco. Ils étaient accroupis à ras de terre, calmes comme les pierres autour d'eux, recouverts d'une ombre ajourée. Les longues branches fines et molles d'un arbre vert pâle caressaient leurs dos courbés, leurs lèvres bougeaient rarement et ils ne se regardaient pas. Leurs yeux étaient rivés à la terre, aux plantations ordonnées et étiquetées s'alignant à leurs pieds. Leurs regards ne se rencontraient pas, comme s'ils s'étaient trouvés là côte à côte par hasard, sans se connaître.

Je sais que ces deux gros fumeurs ont sympathisé depuis un moment, mais j'ignore par quel signal merveilleux ils se sont si régulièrement retrouvés en bas du bâtiment Violet pendant des semaines, parfaitement synchronisés afin d'enchaîner ensemble une demi-douzaine de cigarettes en parlant sans discontinuer. Ils ne se mêlaient pas aux autres, ils se suffisaient à eux-mêmes et ils avaient l'air de se faire du bien. Le petit de la 14 remontait à chaque fois dans sa chambre empli d'une énergie diffuse qui sortait de tout son corps habituellement si faible et encore éreinté par le choc de son accident. Quelque chose de mystérieux et de violent l'habitait alors et dont l'effet durait de longues heures.

J'ai rencontré Marco quand j'ai débuté, en urologie, il y a quelques années de ça. Il était déjà ce qu'on appelle un régulier, un abonné. On m'avait parlé de lui, de sa démarche de cow-boy, de sa tabagie et de sa fausse mauvaise humeur, Tu verras, c'est quelqu'un qui adore ne rien aimer, mais faut creuser, il vaut le coup, c'est pas un méchant, c'est un grogneur. Et j'ai vu. J'ai vu cet homme trapu s'effondrer sous les coups de la douleur, j'ai vu son crâne se jeter contre les murs de sa chambre, j'ai vu ses pognes tordre les montants de son lit pour écraser sa peine. Il y a quelque chose de la démence dans ce spectacle de souffrance pure. Les crises de coliques néphrétiques font partie des priorités absolues ici. Elles passent devant tout le monde. Leur douleur n'est, paraît-il, comparable à nulle autre – sauf peut-être à l'accouchement. Alors on obéit sans réfléchir face à ce spectacle glaçant, on injecte, on intube, on calme. Ma première rencontre avec Marco était une de ces situations d'urgence. Il hurlait en tournant autour de son lit comme un possédé, il réclamait de la morphine encore et encore. Quand je me suis approché pour lui demander où il en était de la douleur, il m'a foudroyé du regard en me disant qu'il parlait pas aux morveux et qu'il voulait voir un putain de docteur et qu'il exigeait de passer sur le billard immédiatement. Depuis, on est presque devenus amis, amis de loin, amis sans trop parler. On s'est apprivoisés et j'ai gagné son respect. Lors d'une hospitalisation particulièrement longue, alors qu'il sombrait dans l'apathie, j'ai eu l'idée de lui donner la clé de la serre. Il lui fallait une source vitale, un endroit à lui. Il commençait à se faner et je me sentais impuissant. J'ai négocié avec le chef de service, qui s'est laissé convaincre, et je lui ai donné accès à cet endroit étrange, tropical, vénéneux. Je ne sais pas ce qu'il y fait et je ne veux pas le savoir ; le but est justement de lui laisser son espace et son temps. À défaut de le faire pour tous les patients comme ça devrait être le cas, j'ai privilégié l'un d'entre eux, un des plus abîmés sans doute.

En fin de journée, j'ai croisé Marco qui remontait de son jardin. Il était enveloppé d'une solitude presque admirable, si cela existe. Il n'était plus l'homme que j'avais aperçu quelques heures plus tôt, accroupi et souriant, confiant et enthousiaste, occupé à faire découvrir son jardin à un compagnon plus misérable que lui, à partager son unique source de joie avec un nouvel ami. Il n'était pas non plus le patient que j'avais connu des années auparavant, à l'époque où il traînait son désespoir en gueulant sur tout le monde. Il était moins que tout ça. Seul dans son corridor, il était un fantôme d'homme qui emporte sous ses ongles de la terre grise, des essences odorantes et de la tristesse. On aurait dit un amant éconduit.

Quelque chose a dû se briser entre lui et le petit. Ou au fond de lui seulement. Par choc ou par usure, les ruptures sont toujours unilatérales quoi qu'on en dise. Et là, c'est le vieux qui a morflé. Le connaissant, Marco a dû se faire violence pour dévoiler à un autre ce qui était devenu pour lui au fil des mois et des années un refuge sacré et secret, un lieu connu de lui seul, son sanctuaire miraculeux, et l'autre n'en a pas voulu. Ou il a rejeté ce cadeau comme un gosse gâté et déçu à sa fête d'anniversaire. Ou pire : il n'y a trouvé aucun intérêt. Et cette déception, ou ce manque d'intérêt, a précipité Marco au cœur de son ancien monde de grisaille, de solitude et de cendres, dans son gouffre de vieux garçon, sa caverne silencieuse dont nous avions eu tant de mal à l'extraire.

Je n'ose pas demander à Marco ce qui s'est passé, sa réponse me fait trop peur.

Roman

Le soleil s'étire dans la chambre et j'hésite encore à sortir du lit. J'ai mis hier soir mon téléphone en mode avion pour ne rien entendre, ne rien savoir.

J'ai vu en le rallumant qu'Ellia avait laissé un message et je suis allé faire chauffer de l'eau. Pendant que le thé infusait en volutes brunes et ralenties, j'ai laissé couler l'eau fraîche de la douche sur ma tête, mes épaules et mes fesses en regardant par les pavés de verre de la salle d'eau les miroitements au-dehors, verts et joyeux, éclatants et bleus, pleins de promesses de lumière. Je me suis réinstallé en tailleur sur mon lit, juste sous les rayons jaune vif qui bombardaient la pièce et j'ai rappelé Ellia. Elle voulait me tenir au courant pour la fugue et me donner quelques détails, rien de grave mais il aurait pu retomber et se blesser sur le bitume, ce nigaud, plus de peur que de mal, comme on dit, et au fait je ne sais pas si vous comptiez passer aujourd'hui mais il est pas fier et il vous réclame.

J'ai d'abord soupiré d'exaspération. Il s'était évidemment mis en danger. Et il avait réussi. Heureusement qu'une passante l'a pris dans ses bras, sans doute intriguée par ce type à moitié nu devant la porte-tambour de l'hôpital, les yeux plantés au ciel avec un sourire béat. Elle a dû voir son corps vaciller puis trembler, ses yeux se révulser, ses doigts se crisper et sa tête pencher vers le sol. Je ne sais pas qui est cette femme mais j'aurais aimé la remercier.

Je me suis attendri un instant: l'idée même d'évasion, la vision de ses déambulations incognito dans les couloirs. Ce genre de gaminerie était à prévoir, me suis-je dit en chassant une peluche du couvre-lit. Ça m'a rappelé ce garçon insouciant et bondissant qu'il était quand je l'ai rencontré, celui qui m'attrapait la main pour déguerpir des rues sages et propres, celui qui m'emmenait dans les faubourgs et les contre-allées, ce jeune homme que sa propre vigueur émerveillait sans cesse, avide de vivre enfin une adolescence que son épilepsie lui avait volée en le vouant à la sagesse, à la prudence et à la mesure ; comme si le temps de tous les excès était enfin venu pour lui. « Ce n'est pas sa jeunesse qu'on regrette, mais ce qu'on aurait pu en faire et j'ai du retard à rattraper », disait-il tout le temps en appuyant sur l'accélérateur ou en gobant un ecsta. J'ai vécu chacun de ces moments avec lui, grand bassin grand plongeon, sans réfléchir, et je me rends compte aujourd'hui que j'en ai très peu de souvenirs. Tout se fondait dans une sorte de liesse cotonneuse, une jungle insouciante et festive dans laquelle peu de chose nous importait en dehors de notre bonheur immédiat. Nous consumions les heures et les substances, les corps et les brises nouvelles, les territoires vierges où notre énergie pouvait s'exercer sans partage, tout ce qui ne pouvait servir de combustible à notre satisfaction était rejeté sans même un regard.

Est-il possible que toutes ces heures se soient englouties sur elles-mêmes, vaines et stériles si ce n'est l'éphémère jouissance promise et produite sur le moment ? Je me suis lassé de ces joies qui, pareilles à des feux d'artifice sur la rétine d'un enfant, brillent d'une intensité inédite avant de nous replonger dans nos bonnes vieilles ténèbres ; et à mesure que je perdais ce goût du risque, du secret et de la destruction du beau, son regret de ne pas avoir assez brûlé par le passé ne faisait que grossir. Ses années perdues devinrent une obsession impossible à rassasier. Jusqu'à ce que moi non plus je ne lui suffise plus, sans doute.

J'ai regardé l'écran de mon téléphone en me demandant si je devais l'appeler, si ça lui ferait du bien et si on avait quelque chose à se dire. Et me sont revenus en tête les couloirs saumâtres de l'hôpital, sa chambre suant la peur, puant la sueur, sa chambre acide et empesée, les blouses épaisses, l'odeur de soupe et les horaires de visite, les regards des malades naufragés, des hommes et femmes aux cerveaux atteints et fatigués, et son regard à lui, chaque jour plus fuyant, un regard qui planque ses petits secrets et qui m'en interdit l'accès. Un regard un peu vide malgré tout. Et je revois son corps incapable et mou, sa peau fanée, sa bouche flétrie et son air de menteur.

Je me suis refait un thé que j'ai observé refroidir sur le plan de travail de la cuisine et je suis sorti.

Dehors la ville pulsait, plus forte que mon propre cœur, plus vive que ma joie. Le soleil semblait décidé à inonder les rues. Du goudron montait la vapeur d'une pluie récente, les exhalaisons de la nuit passée et les promesses de la journée à venir. Tout était radieux et à conquérir. Je me suis senti neuf et j'ai oublié les tubes, les oreillers gris, les aiguilles et les électro-encéphalogrammes, le hall d'entrée sordide, les internes en manque de sommeil et mon besoin d'être amoureux.

J'ai avancé, j'ai laissé mes pieds avancer sur le boulevard, mes pieds qui menaient la marche tandis que je me fondais dans l'air environnant, un air de plus en plus lumineux, un air soyeux, un air à l'opposé du ciel granuleux et sombre qui avait pesé sur ma nuque depuis l'annonce de l'accident de Julien. Et, traversé par cet air urbain et clair, je pensais aux hommes que j'avais été successivement, il y a un an, il y a trois mois, il y a vingt-quatre heures. À mon inquiétude sans cesse renouvelée, avide de nouveaux objets à chérir, à l'enfant sans reproche et plein de peurs, à l'adolescent solide et cynique, à l'adulte pris dans les rouleaux d'écume de ses amours avec les croix des morts tout autour, à l'homme sans tourment que je voulais devenir, au vieillard que je serai aussi, à mon centre de gravité et à ses déplacements sous le soleil. J'ai pensé à ma chance de ne pas connaître de l'intérieur l'hôpital et ses odeurs de potage, à mon angoisse de la souffrance, à Julien dans son lit. Les tilleuls alignés sur le trottoir dissolvaient mes pensées par la seule puissance de leur odeur âcre et douce, rompaient le fil de mon abattement, donnaient enfin une forme plus pure à la sève qui s'échappait de mon cœur en flots brusques et noirs.

Le Patient

On se réveille un matin et la patience a disparu.

On ne peut plus être patient, c'est terminé, ces histoires, on a assez donné de soi, de son sang, de sa moelle, de ses urines, de ses tissus, de ses selles et de son temps, on a assez fait l'enfant sage, le détenu exemplaire qui attend sa remise de peine, le fou qui prend bien ses cachets. Il ne reste qu'un seul désir qui est de s'enfuir, de bien manger, s'enivrer, fumer, baiser, faire la fête à en crever. On veut sortir. On en rêve et on ne parle que de ça mais on n'en parle qu'à soi. On a des envies de rébellion et on exige de parler au médecin-chef pour lui dire deux mots, que toute cette mascarade a assez duré, qu'on va bien, qu'on est guéri, rétabli et qu'il n'a pas le droit de nous garder comme ça sans raison, qu'est-ce que ça veut dire au juste ?

Mais on échoue à fuir, on échoue physiquement, on échoue mentalement, on rencontre des limites sans cesse renouvelées, des entraves. Le principe de réalité que l'on se prend à chaque instant depuis le début de notre internement est infini, il nous rattrape à chaque illusion, à chaque espoir et à chaque rêve éveillé. S'il restait quoi que ce soit, quelque force, quelque velléité, tout finit recouvert sous la chimie des médicaments et le maillage étroit de l'asservissement. Nous devenons des bêtes dociles dont on maintient le poil luisant et la truffe humide, gamelle d'eau, gamelle de bouffe, litière propre.

Mes désirs ont disparu parce que les fenêtres barrées, les clenches cadenassées, le bâtiment vidéosurveillé, tout me dit et me répète et me confirme que ça n'arrivera pas. Je ne sortirai pas et mon cerveau est en miettes, épars dans ma boîte crânienne pareille à une conque ; mes muscles qui furent vigoureux et denses, gorgés de sang et de pulsions, mes muscles qui étaient des ailes et des moteurs, des arcs tendus, des lianes glissantes, mes muscles sont aujourd'hui des plaintes, des averses désolées, des haillons exsangues ; des flétrissures jaunes et violacées constellent ma peau ; je ne fais plus du tout confiance à cette machine faillible et abîmée comme mon histoire d'amour, j'ai compris. Roman s'est épuisé en vain à tenter de nous aimer, nous aimer pour deux, et sa présence à mon chevet était un bouquet final, une prière bigote à peine crédible, une petite mise en scène provisoire imbibée d'éther et de promesses. Nous ne nous aimerons plus dans les criques, nous ne partagerons plus le même vin et nos lits resteront vides. Aucune histoire n'était plus possible. Nous nous sommes entêtés à réanimer une histoire à l'agonie. En vain. Il est plus sage pour tout le monde de cesser de faire semblant et de reprendre nos routes. Je repars avec une cicatrice derrière le crâne et moins d'élan pour un prochain amour.

Ma tête est enfouie sous une mare d'épines de pin brunes, douces et piquantes, et Marco a fait ce qu'il a pu pour m'en extraire, mais on dirait que notre rencontre providentielle a trouvé ses limites. Je n'ai pas du tout marché à son histoire de jardin. Je ne juge pas ce genre de petits arrangements avec la réalité parce qu'on fait tous ce qu'on peut avec les moyens du bord, on élabore de fragiles échafaudages pour se maintenir au-dessus du sol, des marécages et des loyers à payer, on tente tous de s'éloigner de ce qui nous visse à la lourdeur et à la contingence de la boue des jours sous nos pieds, on voudrait frôler la surface de l'eau comme des moustiques ou comme Jésus, c'est selon. Pour monter d'un cran, la plupart des gens misent sur l'amour et ses onguents, sur les vertus de l'amitié, sur la défonce ou sur le sport, mais tout cela revient au même, tout cela procède de la même volonté de flotter, du même désir compulsif d'atteindre un état vaporeux et pur. Qui ne viendra jamais. En tout cas pas avec du romarin, du cerfeuil ou des boutons de rose. Désolé, Marco, mais ni les magnifiques nervures violettes sur une de tes feuilles sombres, ni les étonnantes floraisons annuelles de tes variétés tropicales ne me font décoller de la glaise d'ici. J'ai vu aux mouvements de ses gros doigts qu'il était déçu et je m'en suis voulu, mais je ne pouvais singer une émotion juste pour lui faire plaisir. Il l'aurait détecté et m'en aurait voulu à mort. Toi aussi, je te déçois, Marco, mais je n'allais pas te mentir pour un brin de lavande.

En renonçant à me battre, je déçois aussi Ellia, dont les pommettes ont rosi de joie quand elle m'a annoncé que je pouvais sortir à la fin de la journée. Elle attendait ce moment depuis longtemps et j'aurais pu faire l'effort de me joindre à elle, laisser éclater un bonheur en carton, honorer de ma joie truquée l'annonce de ma libération, la fin de ma peine de prisonnier. J'aurais dû le faire pour elle qui fut ma geôlière la plus douce, la femme forcée d'exécuter les ordres des supérieurs mais convaincue depuis toujours de mon innocence. « Une dernière petite visite du docteur pour vérifier que tout va parfaitement bien et je vous retire tout ce bazar, vous devez avoir hâte, je sais ce que c'est. Vous voyez, ça ne servait à rien de fuguer comme un adolescent : vous êtes libre et en bonne santé ! Vous allez reprendre votre vie. »

Mais à quoi bon se réjouir puisque nous savons tous les deux que je reviendrai, dans ce lit ou dans un autre, au prochain malaise, à la prochaine crise, à la prochaine chute ? Elle ne me le dira pas mais nous savons aussi qu'elle refera le lit après mon départ pour accueillir un autre patient. Un vieux, un jeune, mais un dont elle devra sauver le moral plus que la vie. Mais, bien sûr, elle ne peut pas comprendre que, depuis le moment où j'ai ouvert les yeux pour la première fois dans ma chambre de malade, j'ai traversé des nuits et des âges, ressuscité un amour mort et rencontré un ami sage comme un vieux moine, j'ai cru mourir, j'ai voulu fuir, j'ai vu l'intérieur de mon corps et les lacunes de mon cerveau, j'ai été nu jour et nuit, en pyjama, en slip, je me suis nourri de purée grise et j'ai fait le plein de THC, on m'a ouvert, on m'a refermé, cautérisé, endormi, réveillé et ponctionné, j'ai cicatrisé et appelé à l'aide, j'ai retenu des mots savants pour nommer mon mal, bandé en sentant la main de l'infirmier sur mon abdomen, pleuré dans le noir et le silence, conçu des plans, cherché des amants et appelé ma mère. Et ces mondes, ces vies, ces intenses épiphanies sont impossibles à partager désormais. J'ai peur que dehors personne ne comprenne.

Je ne suis pas sûr de vouloir à nouveau le boulevard, les platanes, les commerces alignés et les Abribus. Les passants qu'on croyait être nos frères. Le réel comme on l'avait laissé, intact et terne, à conquérir, à construire, insensé. Il n'y aura pas de fête, de hourra ni de feu d'artifice, rien ni personne ne viendra célébrer un retour au monde dont j'avais jadis rêvé avec avidité. Pas de Roman, pas de bouquet de fleurs, pas de sourire dans un blouson en jean, pas de table de restaurant réservée pour deux, pas de voiture jusqu'à la maison.

Il n'y aura que de l'ordinaire, car l'extraordinaire, je viens de le vivre et on m'en expulse.

Je vais marcher, je ne m'arrêterai jamais. Mes jambes, je le sais, auront besoin de s'activer et je voudrai agir. Mon corps retrouvé et moi allons remonter l'avenue jusqu'à l'angle, jusqu'au métro, jusqu'au centre commercial. Jusqu'au prochain hôpital.

L'EXEMPLAIRE QUE VOUS TENEZ ENTRE LES MAINS
A ÉTÉ RENDU POSSIBLE GRÂCE AU TRAVAIL DE TOUTE UNE ÉQUIPE.

CONCEPTION GRAPHIQUE : Quintin Leeds
COUVERTURE : Sara Deux

MISE EN PAGE : Soft Office
PHOTOGRAVURE : Point 11
RÉVISION : Fabrice Émont
FABRICATION : Marie Baird-Smith

COMMERCIAL : Pierre Bottura
COMMUNICATION : Audrey Siourd
RELATIONS LIBRAIRES : Jean-Baptiste Noailhat

RUE JACOB DIFFUSION : Élise Lacaze (direction), Katia Berry (Grand Sud-Est), François-Marie Bironneau (Nord et Est), Charlotte Jeunesse (Paris et région parisienne), Christelle Guilleminot (Grand Sud-Ouest), Laure Sagot (Grand Ouest) et Diane Maretheu (coordination), Charlotte Knibiehly (ventes directes) avec Christine Lagarde (Pro Livre), Béatrice Cousin et Laurence Demurger (équipe Enseignes), Fabienne Audinet et Benoît Lemaire (LDS), Bernadette Gildemyn et Richard Van Overbroeck (Belgique), Nathalie Laroche et Alodie Auderset (Suisse), Kamel Yahia et Kimly Ear (Grand Export).

DISTRIBUTION : Hachette

DROITS FRANCE ET JURIDIQUE : Geoffroy Fauchier-Magnan
DROITS ÉTRANGERS : Sophie Langlais
ENVOIS AUX JOURNALISTES ET LIBRAIRES : Patrick Darchy
LIBRAIRIE DU 27, RUE JACOB : Laurence Zarra
ANIMATION DU 27, RUE JACOB : Perrine Daubas
COMPTABILITÉ ET DROITS D'AUTEUR :
Christelle Lemonnier avec Camille Breynaert
SERVICES GÉNÉRAUX : Isadora Monteiro Dos Reis,
Jean-Luc Ichiza-Imaho

Achevé d'imprimer en France par CPI Bussière
à Saint-Amand-Montrond (Cher)
en décembre 2017.

ISBN : 979-10-95438-56-4
N° d'impression : 2033404
Dépôt légal : janvier 2018